東風吹かば

堤 悠輔

文芸社

東風吹かば◎目次

一、平安の素顔

――ガクン――

激しい衝撃があって牛車が止まった。

「とおーっ」

味酒安行《みさかのやすゆき》は大声をあげて牛を叱咤《しった》する。五十歳程であろうか、筋肉質の体格のよい男である。烏帽子《えぼし》をかぶっている頭も、あご髭《ひげ》も真っ白である。

安行は菅原道真《すがわらのみちざね》の弟子である。道真の門下に入って勉学するうちに、道真の人柄に心酔して、当時学問を修める者の目標であった官吏への途《みち》を捨て、道真の内弟子として一生を捧げてきた男である。

牛も目をむいて、懸命に踏ん張るのだが、車は微動もしない。

牛車には道真の櫃《ひつぎ》が積まれている。生前、道真は、

「私が死んだら遺体は竈門山寺《かまどさんじ》の近くに埋めてほしい」

と言っていた。

竈門山寺とは太宰府政庁の北東にある嘉麻戸山《かまど》（宝満山）の麓にある寺である。

この寺に詣でたいという道真の願いは、太宰府の政庁を動かしたが、何度お伺いを立てても太政官は遂に許可しなかったのである。

その他にも、かつて萬葉の歌人達が宴《うたげ》を催して遊んだという宝満川のほとりも訪ねたかったのだが、これも果たせなかった。

安行は恩師の遺言に従って、埋葬の地を求めて竈門山寺に向かっているところだった。

《石でもあるのか》不審に思って牛車の反対側に回ってみた安行は、

「あっ！」

と息を呑んだ。

何と、一束の艶やかな黒髪が車輻《しゃぶく》にしっかと絡みついているではないか。

それは、まるで根のあるもののように、大地から生え出していて、その根元は鮮やかな茜色の元結で結ばれている。

白い道、漆黒の髪、茜の元結の、鮮烈な色彩の対比の美しさに、白昼夢を見る思いでしばらく呆然としていた安行は、――ハッ――と目をあげた。

視線の先、道からそれほど離れていない所に、まだ新らしい墓が三つあった。僅かに土が盛り上がり、自然石が一個ずつ置かれているだけの簡素な墓である。

付近は木立ちが陽をさえぎって薄暗い。楠の大木の樹林帯である。周囲が十メートルもあるような無数の楠の大木が、競うように枝をいっぱいに伸ばして空を覆っている。その中に、一本だけ異種の木があった。楠の木ほど大きくはないが、それでも周囲六、七メートルはありそうな大木である。その木の近くに三つの墓は並べて祀《まつ》られていた。地面は落葉が厚く覆っているが、墓だけは時折掃除されているようである。この墓の主を慕う誰かの手によるものであろうか。

三つの墓のうち、二つは道真の子達である。道真と共に母と別れて太宰府に下り、夭折《ようせつ》した紅姫《べにひめ》・隈若《くまわか》姉弟の墓である。

もう一つの墓の主は西葉《さえ》という娘であった。

《美しい女性《にょしょう》であった》安行は改めて思い出した。鄙《ひな》とはおろか、京にも稀な佳人だった。

太宰府には着いたものの、生活に立ちどころに困っている時に現れて以来、西葉から受けた援助は、物質的にも多大なものであったが、精神的な支えはもっと大きかった。賢く明るい西葉を、紅姫や隈若は母か姉のように慕っていた。道真や安行もどれだけ励まされたか分からない。

そして当の西葉自身は、扶桑第一の碩学《せきがく》・道真を師と仰ぎ、その教えを受けることができるのを無上の喜びとしていた。道真の言葉をひと言も聞き洩らすまいと、できる限り道真の身辺近くを離れないでいた。その向学心の根源は、蟬が短かい命を精いっぱいに生きるように、自分の人生を、この先それほど長くないものと悟っていたからであろう。

茜色の元結いは西葉の物に間違いない。安行は見覚えがあった。暫くぼんやり眺めていたが、やがて、

「ふうーっ」

と大きく息を吐き出した安行は、《西葉様、分りました。紅姫様も、隈若様も、その方がお喜びになられましょう。先生、御覧のとおりです。竃門山寺からは少し離れておりますが、やはりここがよろしいでしょう》そう心の中で師に語りかけながら再び車を見た時には、黒髪もすべて消え失せて、ただ白い道が目に眩《まぶ》しいだけだった。

それは亡くなった三人の若い命を愛《いと》しむ、安行自身の心が作り出した幻覚だったのかも知れない。

四世紀頃から温暖に推移していた地球の気象は、九世紀に入って急激に寒冷化に転じた。

その影響は、冷夏や長雨、あるいは干魃《かんばつ》などの異常気象をもたらして、農業に大きな打撃を与え、世界的規模で社会不安や政治的動揺を引き起こさせていた。

ヨーロッパでは、冷気に追われた北方民族・ノルマン人の南下によって各地に紛争が生じていた。フランク王国が、現在のフランス、イタリア、ドイツの基となる三区域に分裂したのもこの頃である。アジアでは、史上最強の大唐帝国の制度崩壊が加速して、農民の暴動や乱が頻発し、もはや国家としての統制すらとれずに、滅亡に向けて突き進んでいた。

我が国とて例外ではあり得ない。異常気象と、それに起因する疫病の蔓延《まんえん》や凶作で民衆は疲弊しきっていた。都といわず、鄙といわず、病死、餓死による行き倒れの死体がいたる所で見られるという、悲惨な世相である。道真の在世時期はそんな時代だった。

七〇一年の大宝律令の完成を始まりとする律令制も、百年を超えてほころび始め、この頃では半ば崩壊していた。律令制を経済的に支える基盤は、公地・公民、つまりすべての国土は国有で、民も国に直結するという原則である。田は各戸の人数に応じて貸与される。税は成人男子の人数に応じて稲で納める。これが基本である。例外として三位《さんみ》以上の高級官僚には位階に応じて一定の田が与えられる。又、王親家、神社、仏院及び太政官（今の内閣に相当）が許可した場合は田が給付された。勿論これらについては納税義務はない。

律令制は唐の制度を輸入したものだが、本家の唐でもこの頃にはガタガタになっていたように、どんな制度でも時が経つと矛盾が生じたり、悪用する者があったりで行き詰まるものである。

各戸の人数に応じて田を貸与するというと、いかにも合理的だが、人数は常に増減の変動がある。正しくは毎年変更しなければならない。しかしこれは大変な作業量で、とても不可能だ。そこでこれを行うのは六年ごとと定められていた。ところが実際にはもう五十年この方行われていないのである。

税は成人男子の頭数で課せられる。すると報告される数字では、成人男子の数が極端に少なくなるのである。ひどい所ではゼロなどというのも出てくる。農民がウソをついても郡司あたりには分かるだろう。又、極端な数字が報告されたら、国司にだって分かるはずだ。だからこれは役人の仕業に違いない。中央への税の貢進を少なくして、その分はこの連中が懐に入れたものだろう。

例外の方も大変な乱れようだった。王親家、寺社も最初与えられた田地だけでは不足とする不満が出てくる。時あたかも平安王朝文化の台頭期である。諸事きらびやかに、優雅になってくると、いろいろと経費もかさむ。

又、太政官の許可を得れば、藤原氏に代表される旧豪族系の中央貴族などの権門盛家は、田地を領有することができた。これら院宮権門盛家の田地は必然的に増殖していく。必然的にというのは、人間には欲があるからである。

実情に合わない田地の給付では、当然やっていけない農民が出る。又、不作のために税を完納できない場合もある。こういった農民は逃亡して浮浪者になるか、あるいは院宮権門の田地の耕作に従事するかしかない。

これに目をつける悪い奴が又いるのだ。院宮権門と国司には、自ら開墾した田は所有権が認められていた。田地拡大の方法の一つであったが、それに加えて、三年間放置された田を再び耕作する場合は、開墾とみなすということになっていた。つまり逃亡農民の田は、三年経てば合法的に取得できるのである。国司は徴税の職権を持っている。法定以上の重税を課し、あるいは不作の時に農民に稲を貸して法外な利息を取り立てる、あの手この手で農民を窮乏に追い込んで、最後には田地を取り上げることも容易にできた。

地方豪族を主とする富裕農民は、その勢力範囲の田地を、農民共々院宮権門に寄進した。表向きは寄進と称しても、実質的には何も変わらない。が、それによって税を免れるのである。院宮権門としても、それによってなにがしかの収入が上がれば幸いである。

律令制は中央集権であるから、国司は政府が任免した。しかしその旨味で肥えふとった国司の中には、任を免じられてもその土地に居座る者さえでてきた。彼等は在任中に郡司・郷長以下の郎党を組織し、先守《さきのかみ》と称して君臨して後任の国司に対抗した。

国政を預かる者、地方行政に携《たずさ》わる者が、農民を食い物にし、国富を簒奪《さんだつ》して奢侈《しゃし》に耽《たん》溺《でき》していては国が成り立つわけはない。真面目に職務に精励している国司からは、深刻な事態に早急な対策を求める声があまた報告されていた。

当然朝議にもしばしばかけられるのだが、太政官の殆ど全員が多かれ少なかれ勅許以外の田地を持っている有様では、解決の具体策となると総論賛成・各論反対が繰り返されるのみであった。

いつの時代でも既得権を持つ者に改革はできない。

二、　藤氏の野望

「公よ」

宇多帝《うだてい》は道真に呼びかけられた。道真を学門の師と仰ぎ、又、政治・行政の相談役として、全幅の信頼をお寄せになっている宇多帝は、道真が中納言になった頃からこうお呼びになっていた。

その日も、御進講のため参内《さんだい》した道真は、帝の居室・仁寿殿《じじゅうでん》で、帝のお傍近くに伺候していた。

夏の盛りである。京の都は、盆地特有の苛酷な暑さの只中にあった。その暑さを、今を盛りと鳴き立てる蟬の声が、更にいらだたせる。御簾《みす》ごしに、強烈な日ざしを照り返す、庭の白砂がきらめいている。風さえもない昼下がり。

帝と道真は余人を交えず、二人きりで対座していた。暑がりの帝は、円い団扇《うちわ》を激しく動かして懐に風を送り込み、吹き出す汗を拭いながら仰せられた。

「公よ、私は決心した。公の意見を容れて辛抱してきたが、もうあれから二年が過ぎた。

即位以来では十年が経つ。これ以上待っては機を逸するであろう」

帝は退位を望んでおられるのである。

「大君のお苦しみはよく分かっております。しかしながら東宮《とうぐう》はいまだおん歳十三歳。今御退位なされますと、それこそ藤原氏の思うつぼでございましょう。せめてあと三、四年……」

このやりとりは、もう何度繰り返されたことだろうか。

二年前。やはり帝は道真に、秘かに譲位の御相談をされたことがあった。その時宇多帝、おん歳二十九歳。道真は従三位・中納言になったばかりの頃であったが、その時は道真の意見を容れて、お考え直されたのである。

何故宇多帝はこの若さで退位を望まれたのだろうか。それは、宇多帝が一度臣籍に降ろされていた身でありながら皇位に就く、という極めてまれな天皇であったことが発端であった。

その経緯の説明には、宇多帝の二代前の陽成帝《ようぜいてい》から説き起こさなければならない。

陽成帝は九歳で即位され、藤原基経《ふじわらのもとつね》が摂政となったが、御性格は極めて奔放であられた。それは特に異とするほどではないのだが、御成長にしたがって為政者としての御自覚が芽生えるに及んで、基経が危惧《きぐ》を持つようになってきたのである。

《あの御気性では政治を意のままに行わねば気が済むまい。藤原一族と利害が対立することにでもなれば、我々として一大事。禍いの芽は、小さいうちに摘んでおくに越したことはない》

基経の思いは直ちに実行に移され、帝は退位に追い込まれた。その理由としては、暴逆なる行いが度重なったため、というのであった。

時に陽成帝、ようやく十七歳という青年期に達したばかりで、政治に意欲を持ち始めたところであらせられた。さぞや御無念であられたことだろう。

陽成帝の後釜として基経によって担ぎ出されたのが、なんと陽成帝からすれば、祖父・文徳《もんとく》帝の弟君、つまり従祖父にあたらせ給う時康親王《ときやすしんのう》である。その時、親王は既に五十五歳におなりであった。とにかく温厚なお人柄で、人がよいというだけが取り柄みたいなお方だった。勿論、権力などにはさらさら欲がないというお人であったから、基経にとってこれほど都合のよい人物はいなかったのである。そういうお方であられたから、嫌がられるのを無理矢理帝にまつり上げてしまったのである。光孝《こうこう》帝と申し上げる。

恐れおののいたのは光孝帝であった。権力の座を巡る闘争のすさまじさを御存知なだけに、我が身をはじめ妻子にどのような災厄が降りかかる事態が生じるか分かったものではないと怖れを抱かれたのである。

現に陽成帝は、基経によって廃位された。暴逆の振舞いといっても、権力者がその気になれば、そんな理由はいくらでも捏造《ねつぞう》できる。天子を弑《しい》し奉って病死と称した例さえあるのだ。

熟慮の末、帝がとらせ給うた手段というのが、何ということであろうか、我が子をすべて臣籍に降ろしてしまわれたのである。通常ならば皇太子になされるべき第一親王まで臣籍に降ろされて、政権に執着のないことを天下に示し、己れの臣下たる藤原基経に、ふた心のない証とされたのである。

お気の毒なこの小心帝は、勿論傀儡《かいらい》にすぎなかったのであるが、それでも日夜基経の影におびえてお過しになられたのであろう、即位後僅か四年で崩御《ほうぎょ》された。

御在位中、皇太子をお立てにならなかった帝は、いよいよ死の床に臥しても、なお後継ぎを定められず、基経に一任された。

「ふうむ……」

基経は経机に肘をつき、あご髭を撫でながら、ため息ともつかぬ大きな息をついて思案に暮れていた。陽成帝廃位のごたごたから、まだ僅か四年しか経っていない。《あの時はかなり強引な手を使ったからなあ》陽成帝廃位を目論んだ時、既に基経は、後継ぎの帝を文徳帝の弟君・時康親王（光孝帝）と思い定めていた。選定の基準は、藤原氏にとってプラスかマイナスか、それだけである。

彼は光孝帝実現のために奇手を用いた。最初から時康親王を推挙することを避けたのである。それほど皇位継承順位から言って、時康親王は遠かったのだ。

最初は、いかにも勿もだが御本人が絶対御承知されない、その上周囲の賛同も得られまいという人物を推挙した。そのお方は、一時仁明《にんみょう》帝の皇太子に立てられていたことのある恒貞《つねさだ》親王である。

親王は承和《じょうわ》の変で、基経の父・藤原良房《よしふさ》によって廃嫡され、既に僧籍に入っておられる。しかも現在の太政官の殆どは、その事件の功によってのし上がってきた人達である。恒貞親王には少くとも距離を置きたい心情を持っている。

陽成帝にも弟君や幼いとはいえ嫡子もあられたが、それらは全く無視して奇策を弄したのである。まさに傍若無人の所業と言わなければならない。

朝議が恒貞親王に否定的な空気を示した頃合いを見計らって、

「私が御推挙申し上げた恒貞親王には、積極的な御賛同の声も聞かれぬし、各位の御納得が得られぬようなので、この案は取り下げよう。他に御推挙申し上げたいお方の腹案がおありなら御提案願いたい」

と言って口をつぐんだ。

長い沈黙が続いた。事前に基経の胸中を知らされている者は当然発言しない。そうでない者もこの重大事に、うっかりしたことは言えないのだ。

「御提案がないようだが、それほどに最適というお方がいないということであろう。しかしどなたかに決めなければならぬ。それではいかがであろう、この際は人物本位ということでお選び申し上げて、改めて時康親王を御推挙申し上げたいのだが……。それでも御賛同頂けないとなれば、もはや致し方ない。私は異議を唱えない故、各位において御選定いただこう」

そう言って基経は一同を見廻した。全員無言で目を伏せている。台閣の面々、摂政・藤原基経から、後は知らんぞと凄まれては反対どころではない。

光孝帝践祚《せんそ》の経緯はこういうことだった。

《あれから僅か四年しか経っていないのに、またまた私の意向をむき出しにするのもなあ……。今回は何とか大君《おおきみ》の御意向という形にしたいのだが、大君は何も仰せにならないし……》

すっかりキングメーカーになった基経は、今回は慎重だった。光孝帝については皇族の間からかなり強い御不満が洩れてきていた。

《気にすることはない。一族の安泰が第一よ》

父・藤原良房が、人臣として史上初の摂政の座を獲得して以来、藤原氏としてはそれを世襲のものとして定着させることを、ハッキリと目指していた。そのためには、親政を目論む恐れのある人物を皇位につけてはならなかった。凡庸な人物か幼な子がよいのだが、そう都合のよい具合にはいかない。

《はて、どうしたものか》と、思い悩んでいると、

「尚侍《しょうじ》・淑子《しゅくし》様がお越しでございます」

と、側の者が伝えた。

《なに、淑子か、また何を言いに来たのか》尚侍とは内裏《だいり》を仕切っている女官である。その隠然たる実権は絶大だった。特に人事・催し事については、尚侍の了解を得ていないと実施できないと言っても過言でない。淑子は基経の妹である。淑子が尚侍の職にあるからこそ、基経の施策が確実にしかも円滑に行えているのである。その要職をこなすだけあって、淑子は気の強い女性であった。この妹にあっては基経も太刀打ちできないほどで、天下に怖い者なしの基経も、淑子だけは苦手だった。

今も、淑子が来たと聞いただけで、何となく腰を浮かすほどうろたえていたが、その間もなく優雅な裾さばきで、淑子は足早やに部屋に入ってきた。大体、許可を得ずにこの部屋に入れる者は二人といないのだ。

「おう、淑子か、よく来たな。相変らず顔色もよく、恙《つつが》ないか」

「お兄いさま」

淑子が話し出す前に、何とか腹の中を探ろうと声をかけるが、淑子は聞いてもいない。

これだけで基経は、ギクッとくるのである。いつも挨拶などはない。座るなりこれである。

「うむ？」

「大君の御容態はますますお悪く、正直あすをも知れぬ御様子です」

《きたな》基経にはもう分かった。帝の御容態の報告に、淑子がわざわざ来るはずはなかった。

「知っておる」

「知らないでどうしますか。御存知でいて太政官は何をなさっているのですか。立太子が急務でございましょうに」

「分かっておる。手をこまねいているわけではない」

「どなたにするか迷っておいでなのでしょう？」

「簡単に決められることではなかろう」

「お兄いさま」

又、ギクッとくる。いまいましい。

「お兄いさまが考えあぐねているということは、どなたに決めても差はないということでございましょう？」

「いろいろ長短があってな」

「では私が決めて差し上げます」

「ばかを申すな」

「ばかではありませぬ。大君の密かな意中の人でございます」

「なに、大君の？　ならば言うてみよ」

「源《みなもとのさだみ》　定省様《》でございます」

「何を申すか。臣籍の身ではないか、ばかばかしい」

源定省、光孝帝が即位に際して臣下に降された御子《みこ》のお一人である。そして、お生まれになってから、つまりまだ親王であらせられた頃、淑子が養母となっていたお人である。

「臣籍から復して皇位におつきになった例はないわけではありませぬ」

「それはそうだが、他に親王もあまたいることであれば」

「臣籍とは申せ、今上《きんじょう》の御子でございます。その中でも大君は定省様がことのほかお気に入りの御様子で、侍従にも定省様の御近況を時折お尋ねになられるそうです」

帝のお気に入りというのは、今回の採点基準ではプラス点である。

「どのようなお方か」

「ひと言で申しますれば、聡明、快活なお人でございます」

快活はよいとして、聡明はまずい。

「お歳は確か……」

「今年二十一歳におなりです」

さすが元養母は年齢も的確に知っている。だが、もう立派な大人である。

「うーむ」

基経としては、合格点とは言い難い。渋い顔でうなっている基経に、又しても、

「お兄いさま」

言われる度に少しずつ後にさがりそうになる。何故か分からぬが天敵みたいなものである。

「のちのちのことをお考えなのでしょう？　大丈夫、私に策があります」

「策？　どういうものだ」

「温子《おんし》を女御《にょうご》に入れましょう」

「なに、温子を……女御に、な」

温子は基経の娘である。

「私がお勧めすれば定省様はよもやお断わりにはなりますまい」

基経は娘ふたりを清和帝の女御として入内《じゅだい》させている。又、基経の妹高子《たかいこ》は清和帝の皇后である。その高子の子が陽成帝だったのだ。その縁は切れてしまった。それに妹の子・甥ではつながりが迫力に欠ける。娘・温子の子が帝位につけば、自分は帝の外祖父である。それが理想の形だ。

《悪くないな》食指が動いた。それを見逃す淑子ではない。あとは淑子のペースで、どんどん手順が決められていった。基経は淑子の筋書きに従って動くだけである。こういう間柄であるから淑子の権力は強大になるのだ。

いかに権力を欲しいままにする基経といえども、今回だけは譲位が自然に行われたように見せたかった。そのためには、帝がお喜びになられるお方が好都合である。

《これでもっと幼ければよいのだが……まあ、あとは何とでもやりようはあろう》

そう思い定めて、太政官一同には、帝の御内意である、と言って同意をとりつけた。

病室は御簾《みす》で遮られている。次の間を御簾近くまで膝行《しっこう》し、平伏して基経は言上した。

「恐れながら申し上げます」

「申せ」

「天《あま》つ日嗣《ひつぎ》につきまして、太政官において熟慮・審議致しました結果、一同の衷心よりの願いと致しまして、源定省様を御推戴願わしく存じます。勅許賜わりますれば、天下万臣こぞってお祝い申し上げるところにございます」

「なに、定省を、となＬ
政争の坩堝《るつぼ》に足を入れるのが恐ろしいばかりに、自分からは後継者の名もあげず、すべて任せるとは言ったものの、皇籍に連らなる者はあまたいる。人選の行方は大層気がかりになっていらっしゃった。我が子は全員臣籍に降している。それでもあるいは、という気がなかったわけではない。

「大臣《おとど》、それはまことか、それで皆よいのだな、皆が心から願っているのだな」

弱々しいお声が、喜びに震えている。我が子が皇位につくのはやはり嬉しい。しかも一番お気に入りの御子だ。それを時の権力者・基経が計らってくれたのが、なお嬉しいことだった。

政争の渦の中に我が子を放り込むことを、ひたすら危惧してきた。《しかし、それも基経の推挙であれば……基経がついていてくれるなら……》そう思うと、安堵と共に涙がこみ上げて、眦《まなじり》からこめかみをしたたり落ちた。《基経にしっかり後事を託しておかねば》

源定省は急遽、内裏へ召された。親子とはいえ、帝と一官人である。即位以来は会うこともまれである。病床の父を見舞うことも容易ではなかった。非公式とはいえ、摂政・太政大臣を侍《はべ》らせた席で、譲位を申し渡された帝は、

「構わぬ、これへ」

と、基経、定省両名を枕元に呼び寄せられ、病床から差し伸べられた手で、両人の手をしっかり重ね合わせられ、

「大臣、定省をよろしくな。頼むぞ。又、定省は摂政を父とも思い、全般を任せて政《まつりごと》を行うのだぞ」

と、繰り返し、繰り返し、涙と共に仰せられた。

こうして、臣籍にあって一官人として勤めていた源定省は、急遽、臣姓から親王に復し、翌日には立太子されるや直ちに即位という破天荒の三段飛びの末、宇多帝となられたので

ある。

その当時、道真は正五位下《しょうごいのげ》という位階で、四国・讃岐の国司であったが、その命運を左右するほど、新帝が自分の人生に深く関わってくることになろうなど、知る由もなかった。四国の山野は美しい。が、都から出てきた身にとっては、いたずらに山は深く、人は疎《まば》らであった。

辺境の詩人というポジションは、物悲しく、悲愴感を漂わせる響きがある。唐の詩人達も、多かれ少なかれその経験を持っていて、名作を数多く残している。客観的には、讃岐の国司在任の四年間の経験は、道真のその後の詩境に、更に政治家・行政官として極めて有益だったと思われる。

しかし、本人にとっては、人の往来も賑やかな京の都、きらびやかな宮廷の行事、まだ身分は低いとはいえ卓越した学識・詩才と、右に出る者がいないと言われた名筆の故に、帝をはじめ貴人・高官と席を共にしての優雅の極みの賦詩《ふし》の宴など、僻地では到底味わうことのできない、都の暮らしが恋しくてたまらない。

それに比べ任地での暮らしは、毎日持ち込まれる些細な争い事の裁決であるとか、民の暮らしの末端まで細く気を配る仕事ばかりである。かなり気骨が折れるもので、学者・道真が不得意とするところである。

宇多帝が即位された翌年、道真が讃岐へ赴任して二年が経っていて《もうそろそろ都へ帰して欲しいものだ》と思っていた頃、京では大変な騒動が起きていた。世に言う阿衡《あこう》事件である。事の発端は、宇多帝が即位された時に始まる。

宇多帝御即位に際しては、死の床にあられた父帝によって、

「政は摂政・基経にすべてを任せ、その教導に従え」

と懇々《こんこん》と諭《さと》されていた。それは我が子の安泰を願う親心である。宇多帝にしても、藤原一族の総帥・基経に逆らって政が行えるなどとは、お思いになっていらっしゃらなかった。新帝は即位の直後に詔《みことのり》を基経に賜い、

「夫《そ》れ万機《ばんき》の巨細《きょさい》、百官既にすべ、みな太政大臣に関《あずか》り白《もう》し、然る後に奏下《そうげ》すること、一に旧事《きゅうじ》の如くせよ」

と仰せられた。

要するに、今まで通りすべて任せる、よろしく頼む、というものである。これが後のちの関白の語源である。

さて、詔を承った基経は、当時の慣習として、

「その任にあらず」

と、へり下って、辞退の奏上をする。重ねて詔が下されて、時にはもう一度これが繰り返されて、初めてお受けするのである。

この時も再度懇請の詔が下された。内容は前と同じ趣旨だが、その中に、

「宜しく阿衡《あこう》の佐《たすけ》を以て卿《けい》（基経）の任と為すべし」

という文言があった。起草したのは道真の父・是善《これよし》の門下であった参議・左大弁《さだいべん》・橘広相《たちばなのひろみ》である。

基経はここで初めて任をお受けして、従前通り政権を担当した。そこまではよかったのだが、二十歳の青年天皇としては、このようなことはセレモニーにすぎない、と多少軽くお考えになっていた。その上、詩歌舞楽《しかぶがく》のみを事としている親王とは異り、臣籍に降って官人として行政の実務に携わった経験をお持ちの帝としては、改革しなければならない事態を数多《あまた》見聞しておいでである。

事実、律令政治は破綻が激しく、打ち続く異常気象と相まって、世相は更に悪化の一途をたどっている。父・光孝帝のように、優雅の道しか知らずに生涯を終えた帝王ならいざ知らず、短い期間でも社会の実情に触れてから後に政の頂点に立った身としては、政治の

改革を目指すのは当然であった。若い陽性な宇多帝は、ためらうことなく行動を起こされた。即位の翌年、といっても御即位が十一月であったから、僅か数ヶ月後、帝は重臣達に対して、施政についての意見を提出せよ、と仰せられた。

《なに、意見封事《いけんふうじ》を上奏せよとな》命を受けて基経は激怒した。意見封事とは、意見を述べた文書を帝に提出することで、帝御親裁のため、封をして差し出すところからこう呼ばれていた。

「きのうまで一官人にすぎなかった青二才が……とはいえ今は大君じゃ。大君が御自分で政を行われるのならそれはよかろう。しかし、そうなれば摂政も太政大臣も要らぬ者じゃ」

常日頃感情を表に出さぬ曲者の基経が激昂したのは、摂政を藤原氏の世襲として定着を計る上で、帝が政治に容喙《ようかい》することは絶対に許してはならぬことであるからだ。もし親政が行われたら、又しても氏族間の勢力争いが生じ、今全盛を誇る藤原氏といえども、明日はどうなるか分らない。そのような先例は歴史にいくらでもあることだ。

「佐世《すけよ》を呼べ」

基経は語気荒く近侍の者に言いつけ、左少弁《さしょうべん》兼式部少輔《しきぶしょうゆう》・藤原佐世を呼んだ。藤原佐世は、家柄こそ藤原氏の傍流にすぎないが、一族きっての学者である。

「阿衡とは何であるか」

基経は佐世の顔を見るなり問うた。詔書を給わった時から疑問に思っていた。《大君の出鼻を叩く材料が何か欲しい》そう思った基経が、詔を再吟味してこの言葉を取り上げたのである。この人は、身分・家柄とも高いのにかかわらず、他人の言葉の端々を捉えて事を大袈裟にする、という小汚いところがあった。

――さて、阿衡とは――

「阿」は頼る。「衡」は平で、天子が頼って公平を得る、の意である。殷《いん》の湯王《とうおう》が、頼りにしていた大臣の伊尹《いいん》をそう呼んだ、と書経に記されている。つまり宰相の異称である。

これが通説とされていたもので、橘広相はこの説に拠ったのである。

ところが、見解を求められた藤原佐世が調べた結果の答は違った。

「阿衡とは、確かに殷の官名であるが、位のみを指すもので、職掌はない」

と報告した。

佐世とて一派をなすほどの学者である。広相が準拠した出典を知らぬはずはない。佐世は広相より十歳若いが、同じく学問の道を歩む者として、その身分の差は十年どころではない。広相は既に参議に列し、しかもその娘が宇多帝の女御にあがる等、厚く帝の御信任を得ている。我が身に引き比べて、その差はあまりに大きく、佐世は広相に対して日頃から激しい嫉妬心を燃やしていた。《願ってもないこの好機に、広相を徹底的に追い落してやろう》意気込んだ佐世は、再三足を運んでは基経に熱っぽく説きかけた。

「大君におかれては大臣（基経）に、位は与えるが職務に就く必要はない、と仰せられているのです」

基経にとっても好都合の結論である。《この元気のよい大君を、ここで手厳しく叩いておかねば、藤原の安泰が損われよう……よい口実を与えてくれたものよ》と、一時の昂奮がさめると、内心ニヤリとしながら、この老獪《ろうかい》な男は政務を放り出してしまった。サボタージュである。実は、この手口は前にも使っている。陽成帝の時代に、基経は右大臣のまま摂政を務めていたことがある。その時に、太政大臣に昇格されたのであるが、その時も太政大臣には職掌がない、と言いがかりをつけてサボタージュしたことがあるのだ。

今回も全く同じであるが、とにかく太政大臣抜きでは朝議も開けない。行政はたちまち渋滞して、指示待ちの地方からは、ひっきりなしに催促がくる。四月に至って、左大臣源《みなもとのとおる》融はたまらず、明経博士《みょうぎょうはくし》・善淵愛成《よしぶちのちかなり》、大学助教兼讃岐権掾《さぬきのごんのじょう》・中原月雄《なかはらのつきお》両名に命じて、阿衡に職掌ありやなしやを調べさせた。

しかし、これだけ日時が経過してしまうと、学問的なことの本質云々より、帝と太政大臣の確執の方が深刻化してしまっている。そもそも殷の国と言えば紀元前千四百年から千年頃にあったとされる国である。それから二千年も経てば、その間に阿衡の職掌だって変わるだろうし、書物を漁っても、発刊の時代により、又著者によっても差があって当然である。ここが学問と現実の政治の相違点で、学問では「結論は出せない」という結論もあり得るが、政治の世界ではそれでは通らない。何らかの具体的な結論を出して更にそれを実行しなければならない。そして、今問題は政治問題になってしまっているのだ。

学者といえども我が身は可愛い。今のように政府を批判する、いわゆる進歩的学者という立場はなく、当時は官に仕える以外、学者は食っていけないので、曲学阿世と言われようが、時の権力者・基経の意向に反する意見は出せないのだ。佐世にしても、自説が支持されないと、学者としての命運にも関わることであるから、誰かれとなく自説を開陳《かいちん》して回った。

そういう状況の中で、左大臣から調査を命じられた両名は、『毛詩』『尚書』『五経正義』『儀礼』などの文献を調べた結果、

「阿衡とは、道を論ずるのが任であって、位のみにして職掌はない」

と、佐世と同意見の報告をした。

遠く讃岐の地にあった道真は、事件の経過をじっと見つめていたが、泥仕合の様相を呈してきた事態を見て、《学説の論争ならともかく、権力や欲がからんでくると、これはもはや喧嘩だ。都を離れていることを歎いていたが、こんないまわしい事件に巻き込まれなくてよかった》と胸をなで下ろしていた。

五月になっても進展はない。朝廷は再び少外記《しょうげき》・紀長谷雄《きのはせお》、大内記《だいないき》・三善清行《みよしのきよゆき》、藤原佐世に意見を求めた。

ここに藤原佐世が入っているのは奇異である。これでは結論は待たずして分かっている。はたして、報告はそれまでと変わることはなかった。

六月、左大臣は、今度は帝の御前で、広相と佐世、月雄を討論させた。それでも意見は並行をたどるばかりで結論は出ない。政治の空白は既に半年になんなんとしている。基経は頑固に家に閉じこもって、朝堂に姿を見せない。憂慮された帝は、遂に左大臣を通じて、基経に対し、

「自分の本意は、政治万端を太政大臣に関《あずか》り白《もう》して、頼りにしたいというところにある。その勅答に阿衡の文字を用いたのは、自分の本意に背くものである。今後はすべてを太政

大臣の裁量で行ってほしい」

という趣旨の宣明《せんみょう》を下した。これは一方的に広相の説を誤りと認めたものであって、遂に基経の我が通り、帝は屈服せざるを得なかったのである。

この報らせは直ちに道真にも届いた。皇室に対して至心篤い道真にとって、いかに権力絶大な藤原基経であろうと、畏れおおくも帝が臣下に対して、公式に謝罪するなど、あり得べからざることであった。

そもそも道真の、と言うより、当時の我が国の学問は、古代より唐に至る大陸の文献・思想が唯一のお手本であり、それらに通暁した上で、いかに理解するかが学者としての評価の決まるところであった。勿論、道真は他の追随を許さぬ第一人者であった。道真の頭の中には、中国の歴史・書・詩・寓話その他諸々が記憶されていて、しかもいつでも取り出せるように整理されていた。だから道真がひと度論ずれば、大陸の制度、事例などを列挙して説を立てるので、これに抗弁できる者はいない。又、一旦詩想が固まれば、語句は泉が溢れるように湧き出し、故事を自在に引用して立ちどころに優れた詩ができるのである。

道真は、名君賢臣の政治形態を理想とする大陸の政治思想に深く共鳴していた。周の宣《せん》王《おう》を扶けた伊吉甫《いんきつほ》、斉の桓公における管仲《かんちゅう》、越王・勾践を支えた范蠡《はんれい》、魏の文候に仕えた李克《りこく》など、名君を補佐した賢臣の例は数多い。その意味で、本邦の現状は、行きすぎの面があるとしても、基本的には藤原氏が帝を推戴して政治を行う体制ということで容認していた。それが、《大君が臣下に詫びを入れるとは……。佐世をはじめ、学者面したこの者共は、権力に阿《おもね》るばかりで、一字一句をあげつらい、文章の大意を見失う偽学者ばかりだ。事は学問の領域を外れて、政治の場での紛争ではないか。そのために国政が既に半年も滞っている現状を、打開しようとする見識さえ持ち合わせていないのか》と慨歎した。

今までは事件の埒外《らちがい》にいて、じっと推移を見守ってきたが、《ここまで問題がこじれてきては、紛争解決に何らかの努力を尽さないと、学者として本分に悖《もと》ることになりはしないだろうか》と、慎重に発言の機会を窺い始めた。一つには、孤軍奮闘して遂に自説を誤りとされた橘広相が父の門下であるので、何とか名誉回復に助力したい、という気があった。

帝がここまで膝を屈して陳謝しても、基経は素知らぬ顔でいた。度々使者を遣わして説得するが、一向に埒があかず、やっと基経が出仕したのは、実に十月に入ってからだった。

この解決には、詔書を詐《いつわ》って作った罪として広相を遠流にすべきところ、特に減刑規定を適用して、その職を解き、贖銅《しょくどう》二十斤に処すというペナルティと、淑子の斡旋によって基経の娘・温子を帝の女御として入内させることが決められた。基経は、もともと事件にならないものを大事件に発展させて、帝の政治介入を阻止した上に、更にそれを利用して念願の帝の舅の立ち場を獲得したのである。

一方で、基経の髭の塵さえ払いかねない学者共は、帝の御信任篤い広相の追放に成功した。基経・御用学者連合軍は、それぞれ大きな戦果を得たのである。

この屈辱に、帝は、

「朕《ちん》ついに志を得ず。枉《ま》げて大臣（基経）の請うに随《したが》う。濁世《じょくせ》のことかくの如し。長大《ちょうたい》息《そく》となすべきなり」

と、その御無念を日記に記されたのである。

宇多帝の政治に対する取り組みは、先ず、清和帝以来三代続いた摂関政治を旧に復すことから始められようとした。摂政とは、帝が幼少、病弱などの理由で、政治を執り行うことができない場合に必要なもので、宇多帝のように、即位された時既に成人されている場合は不要のものである。宇多帝としては、当然のこととして政治に関わろうとしたまでで、そのことが父帝の遺訓に逆らうものという認識は全くなかった。御自分が政治を行うに当たって、基経の教導を得るという図式を、描いておられたのである。

ここに基本的に大きな錯誤があった。基経にとっては、そのことこそが他の何よりも重大なことであった。と、そこまではお気付きになっておられなかったのである。こうして若き帝の政治に対する情熱は、微塵《みじん》に踏みつぶされ、それ以後は悶々《もんもん》の日々を送られることになるのである。

広相処罰の報が耳に入るや、道真は遂に意を決して行動を起こした。急遽讃岐より京に上り、「昭宣公《しょうせんこう》（基経）に奉る書」と題して、基経に諫言の書を提出した。

「言葉は時代により、又書物によって意味するところが変わることがあります。橘広相が殷の故事に則って、阿衡を太政大臣の典職としたのは、あながち間違いとは言われません。もし、今回のように言葉の端々を捉えて罰するなら、これから先作文する者は、皆罪科を免れないこととなり、文章の道はすたれるでしょう。又広相は、今上擁立にも功があり、その娘は女御として帝の御子を二人生んでいます。この功と帝との関係の親《ちか》しさは、公（基経）さえ及ばないでしょう。学識・才智に優れ、思慮深く、功労多い広相を罰することは、かえって公の人徳を傷つけることになりはしないでしょうか。ここは見識を示されて、どうか寛大な御処置をお取り下さるようお願いします」

という趣旨である。気概に満ちた文章であるが、それだけに大変勇気を要する危険を伴う行為であった。

当時道真の官職であった国司と言えば、地方政治の最高位という意味では、現代の都道府県知事に比定できるが、公選による知事とは異り中央政府の任命制であるから、太政官に隷属するものである。一方太政大臣と言えば、その権限は総理大臣の比ではない。立法・行政・司法のすべてを掌握する、独裁者と言ってよい権力者である。それほどの権力者に、ここまではっきりと諫言を呈するのであるから、一つ間違えて不興を買えば、公人としては抹殺されかねない。当時の知識人として、これは命がけの行動なのである。

道真はこの事件だけを見ていたのではなかった。彼の器は、はるかに大きかった。学問が政争によって、権力によって、左右されることはあってはならない、というのが、この挙に出た直接の動機である。

もう一つは、文章を吟味するばかりに時を費やしていて民の暮しがこれ以上におびやかされるようになると、必ず変革が起こるであろう。中央の高官達はまだ目が覚めていないようだが、既に地方の有力者達が郎党を養って国司に対抗する例が各地に現れている。後世、武士と言われる階層の萌芽《ほうが》が台頭し始めていたのである。そのことを予感して道真は憂えていた。これも国司として地方で実務に励んだことが、道真の将来分析の糧になっていたのである。事実、この後僅か数十年後に、平将門《たいらのまさかど》、藤原純友《ふじわらのすみとも》の乱が起きた。その伏線は既に存在していたのである。

律令制による整然とした社会機構とそれに護られた安らかな民の暮らしを目指す道真にとって、下剋上の乱世の招来は何としても防がなければならない。そのためには、学者として身を挺《てい》することも、あえて厭《いと》わない、という使命感に燃えていた。

この諫言の書を受けとった基経は、道真の気迫に押された。道真のこの学問の権威を守ろうとする決意と果敢な行動は、絶大な権力者・基経をして感動さえさせた。そしてそれは、もう一人の人物にも感銘を与え、道真自身の栄達の扉を開くきっかけにもなっていくのである。基経も又、義父・良房にその資を見込まれて養子に迎えられ、藤原氏一族の長者として後事を托されただけの人物ではあった。彼は道真の諫言に不興を覚えるどころか、《わしの意のままになる学者共も道具として使うには便利だが、道真のような本物の学者こそ大事にしなければならぬ》と考え、道真の意見に従って広相の処罰を実行せず、この件をうやむやのうちに終らせた。

基経の娘・温子が女御として入内してから、帝と基経の関係は修復され、朝堂はやっと平穏を取り戻していた。しかし、この平穏は、帝の忍従によって保たれているのである。帝はその屈辱を決して忘れることはない。基経もそのことは承知している。それでも基経は宇多帝に対して個人的な恨みを持っているわけではない。ただ、帝が直接政治に手を染めようとなされたため、《ここで懲《こ》らしめておかねば、我が藤原家の危機につながる》と思って、計算して起こした騒動にすぎない。

帝の行動を逆手にとって、かねてから望んでいた通り娘・温子を女御として入内させることに成功した今、帝はいわゆる娘婿であるから、この快活な青年を憎むいわれは何もなかった。この上、温子が御子を出産すれば、基経の力をもってすればその御子を次の帝とすることさえ容易である。そうなれば基経は、待望の帝の外祖父の座を手にすることができ、藤原氏が摂関家として歴代、天下に君臨する基礎を作ることとなる。

義父・良房の遺志を継いだ基経の計画は着々と実効を挙げつつあったかに見えたが、帝はその手に乗らぬことを決意しておられた。帝は温子の臥所《ふしど》を訪れるのを、できるだけ避けておられたのである。これは終生続けられた。帝には確認される親王・内親王が八名あらせられるが、温子は遂に懐妊することがなかった。それでも帝は御内心は素振りにも出されず、時には基経に甘えてさえ見せられた。

ある日、帝のお傍に伺候していた基経に、

「温子の部屋のふすま障子に書画を書かせたいのだが、誰に書かせたらよいだろうか」

と帝が仰せられた。このように、帝は些細なことまで基経に相談して、頼りにしているところをお見せしていた。

例えば、このようなことでも人選を誤まれば、あれこれと痛くもない腹を探られかねない。基経に任せた方が基経も悪い気はしないし、無難であった。

《――はて――》と基経は考えた。絵師はともかくとして、書家となれば、どうしても学者・文人ということになる。ところが著名なそれらの人達は、皆最近起ったばかりの阿衡事件に何らかの関わりを持っている。いずれの側の者を選んでも、何かと学者間で取り沙汰されて波紋が広がるだろう。《そうよなあ……》と考えていたが、《おお、そうじゃ、道真がよい。あれならあの時は都を遠く離れておった。広相とは幾分関わりがあるが、直接のものではない故、かまうまい》と、ハタと膝を打ち、

「恐れながら、菅原道真と申す者がよかろうと存じます」

「なに？　菅原道真？　おお学者・詩人としてはつとに名高いが、いかような人物か」

「帝が御即位なされました頃は讃岐守として都を離れておりまして、都に戻ってからも日が浅そうございます故、お目通りの機会を得ておりませんが、学者としては仰せの通り、書家としても、又人物も優れた者にございます。先程の論争の時でございます。道真は四国からわざわざ京へ出て参りまして、私の許に諫言の一文を届けて参りました」

「うむ？　諫言とな？」

「はい、文の内容は、論争の一翼に加担するものではなく、大所より事件を論断したも

ので、私も感銘を受けましたが、何よりもその気慨には痛く感服致しました。私に対し、あれほど是非をはっきり物申す者は他におりませぬ。まさに貴重な正義の士でありましょう。よい機会です。後ほどその文をお届け致しますので、大君にも御一読下さい」

基経はそう言った。彼は道真を正当に評価していたのだ。

道真の諫言の書をお読みになった帝の脳裡に、その名前はしっかりと記憶されることとなった。後年、基経の跡を継いで政権を担当した嫡子藤原時平《ときひら》が最大の政敵として打倒に執念を燃やした道真が、己れの父によって帝に推奨され、それが道真の栄達の端緒となったのは、まさに歴史の皮肉である。

軒端近くでやかましく鳴いていた蟬の声が、……ハタ……と止んだ。帝は、無意識のうちに動かしておられた団扇《うちわ》の手を止めて、

「私は即位して、直ちに破綻した律令制の再構築に取りかかりたかったのだ。しかし、それが昭宣公（基経）の怒りの前に夢と消え、改革どころか、自身の身動きすら意の如くならなくなった」

と仰せられた。

「大君の御心《みこころ》を御斟酌《しんしゃく》申し上げる者がお傍にどなたかいらっしゃれば、少しは事態も変わったでしょうに」

道真としては、この御聡明な帝を補弼《ほひつ》申し上げる者が誰もいなかったということが、お気の毒でたまらなかった。改革を志す帝には政治力が全くなく、絶大な権力を独占する基経には改革の志向が不足している。この二人をうまく結びつけることができれば、そういう人物がいたならよかったであろうに、と道真は思うのだが、一族の繁栄しか視野にない基経に対しては、おそらく道真の正論も画餅にすぎなかったであろう。


宇多帝が志を得ず、鬱々《うつうつ》と暮らすこと三年にして、思いがけぬチャンスが巡ってきた。

三、名君・賢臣への道

八九一年一月。藤原基経が薨去《こうきょ》。五十五歳であった。女御・温子は子をなさず、帝の外祖父となる夢は果たせないままである。嫡子・時平は弱冠二十歳。藤原氏の繁栄はまだ盤石のものとは言い難い。一族の将来には一抹の不安を残しての死であった。

ひと口に藤原一族と言っても、一枚岩ではない。一族の中でも北家と言われる藤原房前《ふささき》を祖とする一派が主流であるが、実際に覇権を握っているのは、更にその中の嫡流のみである。北家も房前から数えて六代ともなると、多数の傍流が派生していて、中には藤原純《すみ》友《とも》のように、不満が高じて謀反する者さえ出る。

良房、基経と抜群に優れた器量の持主が続いたため、統率がとれてきたものの、基経の死によって権力構図がどう変わっていくか分かったものではない。

宇多帝にとって、二十歳の時平は与《くみ》しやすしと思われたのも無理はない。

《今こそ清和帝以来、三代三十三年間に及ぶ藤原摂関政治を脱し、親政を取り戻す秋《とき》》

雌伏三年、それは辛い年月でもあったが、貴重な充電の期間にもなったのだ。それまでの一役人としての見方から、帝としての心構えに変える勉強にちょうどよい時間だった。

帝は、基経の葬儀が終わると、直ちに道真を召された。その時の道真は、正五位上、帝から直接お呼び出しがかかることなど通常はない身分である。何事かと威儀を正して、急ぎ参内した道真に、帝はこう仰せられた。

「この度、卿《けい》を蔵人頭《くろうどのとう》に任じることにした。これより先は政の枢機《すうき》に関与して、私を補佐してもらいたい」

蔵人頭という役職は、現代の会社で言えば社長秘書室長のような立場で、身分としてはそれほど高くはないが、トップに密着しているだけに場合によっては役員より影響力が強いというような立場である。

その上、この役職が設けられるには、ある経緯があった。嵯峨帝の御代《みよ》に帝と上皇の関係が悪化したことがあり、帝の命令を太政大臣に伝達する役目の女官が上皇側の息のかかった者であったため、ことごとく機密が上皇に洩れてしまった。そこで帝はそれまでの慣例を廃し、帝の秘書的役目を行う直属の機関として蔵人所《くろうどどころ》を新設された。そこの長が蔵人頭である。設立のいわれからして、このように政争の申し子のような役所であった。太政官が表舞台の最高機関ならば、蔵人所は陰で政治の円滑を計る裏方である。そこには生臭い人間の欲が露である。

道真としては最も苦手とする分野で、あまり心動く話ではない。しかし、望まずとも今後どうしても政治に関わっていかざるを得ないのであるなら、そのためには経験しておくべき役職である。

続けて帝は、

「清和帝御即位のみぎり、帝御幼少なるが故に、忠仁公（藤原良房）が人臣の身では初めての摂政となって以来、成人の帝の時代にも忠仁公から昭宣公（藤原基経）へと当然の如くに摂政が世襲されてきた。この度昭宣公薨去にあたって、本来に戻り、摂政は立てぬことにしたい。又この機会に、親政を実あるものとするために、向後、関白も太政大臣も置かぬつもりでいるが、どう思うか」

と御下問になられた。

その時、時平は従三位であったが、まだ参議には列していなかった。当然、今すぐ時平が太政大臣や摂政の位を望むことはあり得ない。しかし、将来的には父祖が手に入れていたそれらの地位を、自らも得ようとすることは目に見えている。それは藤原氏安泰のために必要な保証であるからである。

摂政という、本来臨時的地位を、恒常的役職として藤原氏が世襲する。この大目的を、総力を挙げて果たそうとする藤原氏と闘うことが、はたして宇多帝にできるのか。二十年後、三十年後に、時平が藤原一族の長者として名実共に君臨した時、宇多帝は基経に屈した時と同じ屈辱を再び味あうことになるのではないだろうか。

「何卒しばらくお時間を賜わりますよう」

即答できるような単純な問題ではない。道真は余裕を頂いて禁裡を退出した。

確かに、父帝《ちちのみかど》の御遺言は基経にすべてを任せてそれに従え、との仰せであった。そこには基経亡きあとのことまでは触れられていない。しかし、藤原氏としては、この場合の基経とは藤原氏を指すものと思っているであろうし、帝と藤原氏の力関係を考えれば、そう解釈するのが妥当であろう。

蔵人頭という要職に就いて目の回るような忙しさの中で、道真は沈思を重ね、やっと帝へ御返事申し上げるまでに数日を要した。

「申し上げます」

「おお、待っておったぞ」

蔵人頭という役職柄、二人きりで話をすることは不自然でない。

「先日、大君が仰せられたこと、現下においては何も問題はありますまい。左大臣(源　融《みなもとのとおる》)も御高齢故、しいて今以上の地位をお望みになることもないと思います。……ただ……」

「ただ?」

「先々のことではありますが、時平殿が二位にでも御昇進致しました時には、忠仁公や昭宣公に倣《なら》って処遇致さねばならぬかと思料致します」

「もっともである。しかし道真、清和帝、陽成帝はあまりにも御幼少におわした。父・光孝帝は逆に老境に入ってからの御即位じゃ。今回とは状況が全く異っておろうぞ」

「まことに仰せの通りでございます。私とて否やを唱えているのではございませぬ。恐れながら帝におかせられて、それほどのお心がございますなら、御親政を臣下一同が補弼申し上げる体制を作らねばなりませぬ」

「申してみよ」

「先ず太政官の構成でございます。最近の傾向として、太政官の約半数、時にはそれを超えて藤原氏が占めております。他の氏族からも、もっと登用すべきであると存じます。それなくしては、政の中庸を保つことはできませぬ。大君のお立場を強くするためには、源氏をはじめとする王臣家からの登用を増やすことが肝要かと存じます。又、民情を政に正しく反映させるためには、藤原保則《やすのり》殿を抜擢されるべきであろうと存じます。保則殿は藤原一族ではありますが、決して氏族の利のために政道を曲げるようなお方ではありませぬ」

「おお、知っておるぞ。諸国の国司を歴任し、優れた治績を挙げ、任を終えて国を離れるに際しては、徳を慕い別れを悲しむ人々が泣きながら道を塞いで、通れなくしたという逸話を持つ良吏じゃ」

「あのお方こそ大君のお傍に置かれ、耳をお傾けになられたら、それこそ賢臣としてのお働きをなされるでしょう。又、太政官の方々も、保則殿の御意見は聞き流すわけにはいくまいと存じます」

「うむ、藤原一族とて我が股肱《ここう》、決して粗略に思ってはおらぬが、皇位をさえ我が氏族の安寧の道具にしようとするのだけは許すわけにはいかぬ。その藤原の無道を、いささかでも抑えるために、同じ氏族の保則を用いるのは妙案じゃ」

「恐れながら、私はそのような意味で保則殿を御推挙申し上げたのではございませぬ」

「おお、そうであった。分かっておる。保則も高齢じゃ、これからあとは京にあって、政に力を尽してもらうこととしよう」

私心を交えぬ道真の献策は的を得たものであり、帝の目論にも合致するものだった。そこで帝は更に問われた。

「その他に有為の人材はおらぬか」

こうなってくると、この場は組閣本部である。まさに、帝は道真に現在の内閣官房長官

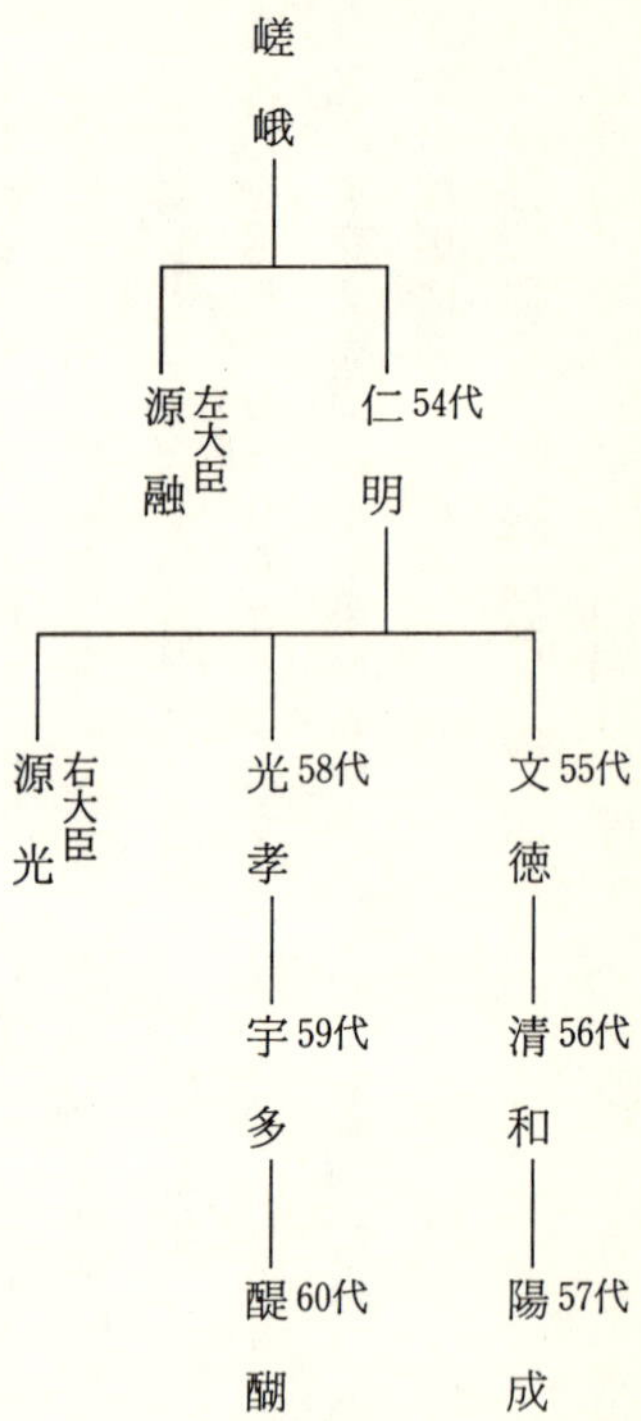

の役割を期待しておられたのだ。しかし、その頃の道真にとって、それはあまりにも荷が重すぎた。というより、具体的な人事について、口出しする気は全くなかった。

「只今、私は保則殿を御推挙申し上げましたが、このお方は別格とお考え下さい。その他のお方についてお名前を挙げることは、私の立ち場としては控えさせて頂きとうございます。ただ、敢えて申し上げますなら、若手の中から、政に意欲を持っている人材を登用されるがよろしかろうと存じます」

政治には実行力、即ち力が必要である。帝にとっては、何と言っても強大な藤原氏の力を克服する力が必要なのであるが、それが全くないと言ってよかった。仁明《にんみょう》帝のあと、文徳《もんとく》、清和《せいわ》、陽成《ようぜい》と父子相伝で流れていた皇統が、藤原基経の力によって強引に光孝、宇多と大きく変えられたのである。文徳系に連らなる皇族が心よかろうはずがない。しかも廃位された陽成上皇は、宇多帝より一歳お若いのであるから、そのうっぷんはさぞかしであったろう、と御推察申し上げられるのである。

そのお怒りの鉾先が当の基経に向けられず宇多帝に向けられたのも、人の心の動きというものは捉え難いものである。陽成上皇は日頃から、

「侍従として私に仕えていた者が、今は帝と称して内裏に納まっているとは何としたことだ」

と公言して憚らなかった。

しかも、この感情は陽成上皇ならずとも、皇族・王臣家の人達が、多かれ少かれ皆持っていた。御自身の出身母体である皇族がこの有様では、帝は完全な孤立である。むしろ経緯からすれば藤原氏をこそ頼りになされるべきである。だが、それでは藤原氏の傀儡《かいらい》に甘んじなければならない。

英明な帝は御熟慮の末に、菅原道真という逸材を重用して、この難局を乗り切る決断をされたのである。先ず、何と言っても、道真が古今比を見ぬ碩学であること。次に、上古

から政治にからむ中央豪族との血縁がないこと。そして、私心のない人格者であること。これらは、今帝が心を開いて御相談される上で最も重要な要件であった。

翌月、帝は太政官の改革を行われた。時平は参議に任じられた。同時に良吏・藤原保則と他に源氏からも若手が登用された。帝は道真の進言を全面的に実行されたのである。首班は変わらず、左大臣・源融であるが、太政大臣には任じられなかった。このお方は、嵯峨帝の御子で、宇多帝から言えば従祖父にあたるお方である。陽成帝御退位に伴う後継選びの時には、

「私にも皇位継承の資格がある」

と自選して出られ、基経から、

「一旦臣籍に降られた身でありながら、何を申される」

と一蹴されたことがあった。今、宇多帝はその同じ臣籍から帝となられたのである。今上の御子ということで一線を画してはいるものの、融としては釈然としない気が残るのは致し方ない。

この人事において、摂政・関白・太政大臣という職分は一掃された。これらはその職掌の内容に多少の違いはあるにしても、左大臣・右大臣を統括する立ち場という意味では同じである。そして本来、その地位こそが皇位であったはずだ。宇多帝はそのことを、はっきりとお示しになられ、親政を宣言されたのである。

宇多帝の布石は更に続けられた。二年後には、道真を参議に登用された。台閣の首班は依然として源融である。太政官のうち藤原姓を名乗る者はその半数・七名であるが、その中には保則も含まれているので、実質的には半数を割っている。しかも六十歳で線を引いてみると、それ以上の者が藤原氏で四名、源氏が二名である。五十歳未満では藤原氏が二名、源氏と道真で五名である。つまり、藤原氏の太政官は、保則を除くと氏族内の派閥の長老的人物が無難に名を連ねているのに対し、源氏からは比較的に若手実力者が起用されていると言える。

帝は困難な立場にあらせられながら、できるところから少しずつ手を打っていかれた。こうして、帝による藤原氏封じ込め作戦が着々と進行し、親政態勢が整えられていくのに対し、時平はまだ、父・基経ほど高圧的に抵抗する力はなかった。

道真の本心としては、政治家としてよりは学者・詩人として生涯を送りたいのだが、嘱《しょく》望《ぼう》されて参議となった以上、それにお応えするのが臣下の道である。道真を参議に取り立てると、帝はすぐにこう問われた。

「現下の民政のあり方を、卿《けい》はどう思うか」

「私如きの存念は、御聡明であらせられる大君には、既に熟知されているところにございます」

「いや、そうではない。これより先、政を執り行っていくに当たって、我等の認識を一致させておくことが極めて重要になるところから言っているのだ」

「しかしながら、私はまだ参議に任じられたばかりの新参者です」

「申すな。太政官と言っても、半数程はただ閑雅を楽しむことに余念がなく、政に意欲ありやに見ゆる者は、己の権益のための権謀術数に明け暮れている有様じゃ。私が頼むは卿一人であるぞ」

道真の目を真っすぐに見る、帝の真剣なまなざしに、道真もこれ以上御遠慮ばかりはしていられない。

「勿体ない御言葉です。それでは、政情の再認識と致しまして、申し述べさせて頂きます。先ず政は、民を安んずる所に始まり、民を安んずる所に終ると心得ます。そのために、政を執り行う官吏は、私心を捨ててこれに当らなければなりませぬ。このことは藤原保則殿が身を以て実践され、世も保則殿を良二千石と称賛しました」

「その通りである。しかし、すべての官吏に保則の人格・見識・経験を求めるのは無理であろう」

「今、我が国の一番の問題点は税収の不足です。この原因の第一は、班田収授《はんでんしゅうじゅ》の不履行であります。令によれば六年ごとに人数を検《あらた》めて、口分田《くぶんでん》を与えるべきところが、既にこれが五、六十年も行われず、農民の実数と口分田の面積が、かけ離れたものとなってしまっております。このために、生活が成り立たず流亡する農民が続出する有様です」

「昭宣公（基経）が一時手を染めたことがあったがのう」

「これは大変な手間がかかる仕事であると同時に、国司がよほど厳正に執り行わなければ実態と全く異なる結果になります」

「それはどういうことか」

「ある勤勉な国司が独自に人口を調べたところ、報告された数字の中に、人口の殆どが女で男は僅かしかいないという村があったそうです」

「……」

「つまり、口分田は総人口で与えられ、課税は成年男子の数で定められる制度の悪用です」

「そのようなことは、少し注意すれば防げるであろう」

「その通りです。そこに国司の質が問われるのです」

「取り立てて質を云々する以前の問題のような気がするが」

「ごもっともです。それでは、その国司についてを第二の問題点として取り上げて、もう少し詳しくお話し申し上げます。国司につきましては、今申し上げました国司個人の質の問題と、制度上の問題があります。先ず制度上の問題から申しますならば、国司の人選・任免は太政官において行われます。国司は大変厚遇されておりますから、希望者が多く、その者達は太政官をはじめ権門の覚えをよくしようと努めます」

「職務に精励すれば自ずと評価もあがるというものであろう」

「仰せの通りです。国司の評価には徴税の実績が大きく影響するため、目標の達成に努めます。ところが、それが度を過ぎて徴税請負人のようになってしまいますと、本当の政は行えませぬ。再度、再々度の国司任命を願うあまり、つい法定外の苛酷な税を課すという事態を招いております」

「それはおかしいのではないか。法定の税を徴収しておれば、国司の任務は全うしているではないか」

「一方に、税を納めきれぬ者があれば、その分を取れる所から集めなければ、全体として目標に達しないからです。保則殿のように、民を安んじることによって徴税も自ずと行われるという理想通りには、なかなかいかないのが実態なのです」

「卿も讃岐へ行っていたことがあったのう」

「お恥ずかしいことですが、私は何も致しませんでした。何分、私の前任に保則殿がいらっしゃったお陰で、役所の者達もよく訓練されておりましたし、農民達もよく仕事に励んでおりました。つまり、勧業に力を尽さず、いたずらに苛酷な徴税を強行致しますと、なおさら税を払いきれない農民が逃亡致します。そうすると収税が落ち込む。この悪循環が、ますます国を疲弊させてしまいます」

「うむ、保則はどのようにして、その悪循環を立て直したのか」

「そこにもう一つの、国司個人の質の問題があるのです。私は問題としては、この方が重大であると思います」

「うむ……」

「先程、国司が徴税の実績を挙げるために法外な課税をすると申し上げましたが、理由はそれに止まらず、自分の利得のために、更に税を課すという国司が少なからずおります」

「なに、それは税というものではないではないか」

「仰せの通りにございます。それればかりか、農民の逃亡や死亡と称して、成年男子の数を過少に報告したり、災害、天候不順による被害を過大に報告するなど、あらゆる手段を用いて、中央への進貢を削減する国司もおります」

「そのようなことがまかり通っているのか」

「そればかりではありませぬ。農民には許されず、国司の特権となっている新田開拓、その営農に、逃亡した農民や国司の傭人・兵士までを従事させて、莫大な利益をあげている例も多数あります。その者達は、法外な利益をあげながら、税の貢進を削り、そこで得たもののうち少なからぬものが、権門に賂《まいない》として贈られているのです」

「そのような国司を陶汰する方法はないものか」

「これにつきましては、言うは容易《たやす》く、実際にはなかなか難しいことでございます。国司の選任は太政官において行われるとは申しますものの、忠仁公・昭宣公がおわした頃は、そのひと言で事が決まっておりました。昭宣公亡き後、時平殿がまだお若いとは申せ、左大臣（源融）におかれても、この件については自ら御意見を述べられることはなく、時平殿の御発言をお待ちするほどの気のお使いようです」

「政の実勢を左右する国司の人事を、一人の人間が握っていては弊害も生じるというものよのう」

「時には保則殿が堪えかねて御発言されることがあります。私は勿論それに賛同致しますが、他のお方がたは無言のまま、時平殿の顔を窺っていらっしゃいます」

「……」

「国司の問題は、それら悪徳国司だけに止まりませぬ。真面目に精勤しております国司を取り囲む情勢も、ただならぬ様相を呈しております。と申しますのが、御承知の通り郡司や地方豪族と国司の対立が各地で生じております。そのために互いに郎党を養い、武力で衝突する例も増えております。将来的にはこの問題が今の国家体制を揺るがす最も懸念されるべきものになるかと存じます」

当時において、いかに破綻に瀕していようと、律令制以外の政治体制は考えることはできなかった。武士による国家統治など、はるかに遠いあとの世のことで、その間には幾多の戦乱が繰り返されたのである。ただ、道真をはじめとする心ある政治家は、既に起こっている唐のような国家争乱の事態だけは避けなければならないと心を砕いていたのである。

「国司による苛酷な、その上理不尽な税の取り立てに追われて逃亡した農民の行く末は、無頼の徒に身を投じて悪事を働くか、郡司や地方豪族等有力農民の元に逃げ込んで助けを求めるかしかありませぬ。郡司は役職の立場上は国司に従わなければならないとはいうものの、国司とは異り累代在地の豪族でありますから、最終的には農民を見殺しにすることはできず、これを養護しなければなりませぬ。それではどうするか、彼等農民が放棄した田地は、法外な租税を納めるだけの収穫を産まないのですから、そのままでは何の役にも立ちませぬ。そこで郡司等有力農民が目をつけたのが、比較的に力の弱い寺院、神社、権門です。有力な寺社権門は、自力で空閑地を開墾し、農民を雇って収益をあげるばかりか、免租の太政官符を受けていると虚実を交えて公言して納税を拒否しております。有力農民達はそれを見習い、弱小寺社権門の名を借りて、形ばかりはこれに寄進したと称し、己れの財力で同様のことを行っているのです。農民の中には自ら僧になった者もおります。僧侶は課役が免じられておりますから、地元に寺を建て、寺田を設け、利益を注ぎ込んではその拡大を計っております。つまり、これらの輩《やから》にとって、今では仏法は脱税のためのかくれみのになっているのです」

「寺社権門といい、国司・郡司といい、この国の指導者たるべき者達が、そのように私欲を満たすことのみに汲々としているとは……。しかし道真、時平の申し条によれば、寺社権門が荘園と称して田地を私領とし、徴税を拒否する故に収税がままならぬと国司からの苦情が相次いでいるというではないか」

「いかにも、保則殿を範として、良二千石たらんと努力している国司もいることは事実です。その者達にとりまして、この荘園の問題は深刻でありましょう。中には武装して国司に対抗する事例さえあるほどですから、改めなければならないのは確かです。しかしながら私見と致しましては、その規模において、班田収授が適正に行われていない弊に比べると、如何ほどのものでありましょうか」

「それも道理であるが、不法に田地を私領となすことを正さねば、律令制の基盤たる公民・公地の体制が崩れようぞ」

「仰せの通りでございますが、では荘園を整理し、その田地を国司の管理下に戻した場合、はたして農民が安んじて耕作に励むことを得ましょうか。先程も申しましたように、いたずらに国司の懐を満たすのみとなりましては、農民は生きて行く術を、そして今度は逃げ場さえ失うこととなります。先ず民を安んじることです。論語に説く所の『信なくば立たず』とはまさにこのことを申しているのです。農民が己れの給田で生計を立てることができるよう、国司は先ずその手段《てだて》に努力すべきでありましょう。そうすれば、農民を生かさず殺さずの荘園に好んで働く者も少数となり、荘園の経営もままならぬこととなりましょう。そのことは保則殿が各国で既に立証しておられるのです」

「道真の申すこと、いちいちもっともである。したが時平もそのあたりの道理は弁えておろうに、又、藤原一族こそ失うものが大きいであろうに、何故《なにゆえ》に荘園整理のみに固執するのであろうか」

「時平殿の存念の忖度《そんたく》は、私は控えさせて頂きとうございます。お許し下さい」

参議になっても、道真は政治家としてよりもできるだけ学者であろうとした。政策を論じることに徹し、生臭い政治力学の中に身を置くことは極力避けたいと願っていた。帝もそのことは充分御存じである。

「……」

帝は目を閉じられて、黙思していらっしゃる。このような時、道真は帝の思考の御邪魔をしないように心掛けていた。かなり長い時間をそうしておられた帝が、静かに目を開かれて、

「おお、分かったぞ道真、卿も分かっておることであろうが、時平の心底はこうであろう。荘園整理によって回収した田地は国司の管理する所となる。そうなれば国司の任免の実権を独占する時平の下には、労せずして意のままに国中の富が集中するであろう。時平は、荘園整理の美名の下に、天下の富を一手に握り、寺社権門は言うに及ばず、更に身内の藤原一族に対してさえその力を削ぎ、己れが一手に握った富の力でこれらを自在に操ろうという魂胆と見える。しかし、いかに時平といえどもこれは危険な両刃《もろは》の剣であろう。皇親家をはじめ格式と特権を持つ神社、今隆盛を極める寺院からはては地方豪族、更には己れの出自たる藤原一族まで、これらを皆敵に回してまで荘園整理を行わんとすれば時平が孤立する。そのような愚かなことは致すまい。卿はどう思うか」

「時平殿の思惑が奈辺《なへん》にありましょうと大君が仰せられますように、律令制の再構築のためには荘園の整理は致さなければなりませぬ。ただ、仰せのように、誰が言い出すとしましても孤立する恐れがあります。そのために時平殿も今のところは持論として申されるに止めておられますが、大君と時平殿が手を携えて進められますならば、更に保則殿も加えられますならば、事は成るに違いありませぬ。いや、これほどの大問題を解決致しますには、それしかないと思います。ただその場合、荘園整理のみを単独で行うことは避けなければなりませぬ。むしろ班田収授を先行して施行しなければ、先程からの弊害を招くこととなります。この点について時平殿の同調が得られましょうか、それが鍵となりましょう」

道真が思い描く名君賢臣の理想の中で、彼は決して己れ一人が賢臣たらんと己惚《うぬぼ》れや気負いを持っているわけではなかった。賢臣は多いほどよい。先ず藤原保則は願わずとも既に賢臣としての働きを果たしている。道真自身は勿論そうあるべく努力している。しかし、太政官の大半はその地位・名誉・雅びな生活に酔いしれ、満足しているだけである。新たに昇進した若手の参議が数名いるが、それだけでは力不足である。政治は力を必要とする。ましてや崩壊に瀕している国家の家台骨、律令制を再構築しようとする大事業において肝腎の皇親族からさえ『臣籍にあった者が』と冷ややかに見られている帝と、バックを持たない道真・保則だけではどうにもならないのである。ここはどうしても時平を組み入れなければならない。時平を呑み込むか、時平に押さえ込まれるか、際どいところではあるが、時平とても地方官にすぎぬ国司だけを頼りにして中央のすべての勢力を敵に回す決断は仕難いところである。

「よし、分かった。その問題についての我々二人の基本認識はそれでよかろう」

帝はそう仰せられて、道真の目をまっすぐに御覧になり、

「もう少し近くに参れ」

と仰せられる。

体の左右に両こぶしをついて腰を浮かせ、二、三度前へ進んだ道真に、

「皇太子のことだが」

と帝が切り出された。

道真は思わず周囲を見廻した。例によって御簾《みす》は巻き上げられ、障子は明け放されている。四方見通しはよく、人影はない。密談をされる時の帝の流儀である。

「いろいろと考えた末だが、やはり敦仁《あつぎみ》を皇太子として立太子を急ぎ行いたい」

低く、しかし力強い口調でそう仰せられた。

「……」

どう御返事申し上げてよいものか、道真は言葉に詰まった。これは御相談ではない。御意志をお伝えになられたのである。末席とはいえ太政官の一人として、ここで相分かりましたと御返事申し上げてよいものだろうか。《何故大君は台閣末席の私に、最初に仰せられるのだろうか。この問題は先程の政策についての勉強とは全く別物であろう。いかに相談相手になる人材がいないといっても、ことは皇統に関わる重大事であり、しかも、たまたまではあるが、現在台閣の筆頭・左大臣源融は皇胤にてあるものを》

御返事に窮している道真を御覧になられて帝は、

「よいよい道真、返事はせずともよいぞ。勿論左大臣には私から申し伝える。ただ、卿には私の考えをすべて知っておいてほしいのだ」

と仰せられ、敦仁親王をお選びになられた理由を詳しく説明された。

帝には多くの御子があらせられる。第一親王は敦仁親王と仰せられ、帝がまだ臣籍にあられた時に生誕された。母は藤原高藤の娘・胤子《いんし》であるが正妻ではない。高藤は基経とは祖父を同じくする藤原北家に属するが、その中では庶流であった。第二親王は斉世《ときよ》と仰せられ、帝の正妻・橘《たちばなの》義子を母として誕生した。敦仁親王と同じ年、僅かに遅れてお生れになった。義子の父は阿衡事件で非運の晩年を送った橘広相《たちばなのひろみ》である。

お二人の母方の家柄相互については、いずれも名門であり特に貴賤の差はない。この時お二人はおん年九歳になられ、共に御聡明な御子であらせられた。御性格は敦仁親王がおとなしく、やや内向的であるのに対し、斉世親王は活発な御性格であったが、お二人とも明るいよい御子であらせられた。幼い頃から斉世親王の方が御性格上どうしても父に語りかけることが多く、時には組み打ちを仕掛けたりなされることがあったので、いかにも帝が斉世親王の方をより多く愛していられるかのような見方をする者もあったが、決してそのようなことはなかった。帝は、勉学において粘り強く学習される敦仁親王につき合って長時間御指導されることも多かった。庶流とはいえ藤原北家の血を引く敦仁親王には一日の長がある。片やその藤原氏の総帥基経によって悲運の涙を呑んだ橘広相を外祖父とする斉世親王は正妻の子である。両者の個人的資質には全く優劣はないと言ってよい。

しかし、立太子となればいずれかを選ばなければならない。帝にとって問題は、藤原氏につけ入る隙を与えずに親政を続けるには、何れを選ぶべきか、である。敦仁親王をとるか、斉世親王を選ぶかによって、人は帝が今後親藤原と反藤原の何れの路線を歩まれるのかを判断するだろう。

結局、帝は敦仁親王をお選びになった。そのことは、帝の親藤原路線として、藤原一族は勿論、一般的には歓迎され、政局は安定するだろう。それに比べると、斉世親王をお選びになった場合、対藤原の舵取りの難しさの他に世人は嫌でも阿衡事件を思い出し、身の置き場に困る者も多数いるはずである。

しかし、帝が敦仁親王をお選びになった理由はそれだけではなかった。帝の読みはもっと深かったのである。帝は親藤原の姿勢を装って逆に藤原一族の弱体化を計られた。藤原一族内の時平の地盤沈下を睨われたのである。

敦仁親王が即位すれば、その外祖父・高藤の地位は当然高くしなければならない。高藤は藤原氏の傍流であり、藤原一族の中でも嫡流と傍流の隠れた確執があることを帝は御存じであった。高藤はそれほど政治的野望を持っているわけではないが、その地位が高くなれば結果的に一族内での存在感は大きくなる。相対的に時平の影響力は低下せざるを得なくなるのである。しかし、高藤が時平と手を結べば情勢は逆転する。帝の外祖父を勢力下に組み入れれば確かに時平の力は倍加する。

「世間はおそらくそう思うであろう。それで皆が安堵する。それでよいのだ。だが、私は臣籍にあった頃高藤の仕事ぶりを見たことがあったし、胤子の父親であるから高藤が是々非々を貫き徹す硬骨漢であることを充分知っている」

帝のお考えを聞かされた道真は、《この大君は並の帝王ではない》と舌を巻いていたが、帝は更に御言葉を続けられた。

「それはそれとして、もう一つの立太子を急ぐ理由だが……最近温子が身籠《みごも》った夢を見てのう」

と仰せられた。

温子は時平の妹である。もし温子が親王を出産したら、いろいろと画策する者が現れ、皇統の行方について破乱を生じかねない。《立太子を急がねば》と思われながらも、あれ以来身辺多事で、つい三年近く過してしまっておられたのだ。

「身籠ってからでは、いかにもわざとらしいからのう」

と笑いながら仰せられたが、結果的には温子は生涯子を生《な》すことはなかった。


宇多帝は果敢な行動をおとりになる帝であった。即位と同時に重臣に対して意見封事をお求めになり、それが発端で阿衡事件が起きた。その解決には流石《さすが》に時間を要したが、これが充電時間となったのであろう、基経死去後に道真を懐刀として用いられるや、その意見を入れて藤原保則を登用する等、太政官の大刷新を断行して、藤原勢力の削減を実現された。

そして道真を参議とし、今また敦仁親王の立太子と矢継ぎ早である。その間僅かに五年程しか経っていない。それは一つには、偉大な父を失った若き時平に実力を付ける暇を与えないうちに体制を整える必要があったからである。

確かに帝の行動は他人目には唐突と思われるほどであるが、その計画は熟慮を重ねて練りに練ったものであった。こうして帝は御親政の体制を着々と整えられ、政策の実現に向けて動き出された。しかもこの時、帝は既にもっと先の御計画まで立てておられたのであるが、まだ道真にはお話しなされなかった。

その日は、道真と二人で重要な案件について打ち合わせをされて、気分が昂揚しておられたのか、帝は、

「ところで道真、卿は三友のたしなみはどうなのだ」

とお聞きになった。

三友とは、唐の詩人達が詩と琴と酒を指して言った言葉で、彼等は湖面に舟を浮かべ、あるいは林間に柴を焚いて酒を汲み交わし、琴を爪弾きながら即興の詩を吟じて楽しんだというのである。詩人としては夙《つと》に名高い道真であるから帝はお尋ねになられたのであるが、実は道真は琴と酒は全く不調法だった。努力家の道真であるから訓練はしてみたのだが、これだけはどうしても腕があがらなかった。このことは、唐の詩人にあこがれを持つ道真としては残念なことだったのである。逆に帝はそういう賑やかな席を大層お好みにな

る粋人であらせられた。

道真が参議として太政官の末席に加わった時、時平は弱冠二十三歳で、既に従三位・中納言に進んでいた。左大臣・源融、右大臣・藤原良世は共に七十二歳の高齢であり、大納言・源能有《よしあり》は病気がちであった。

朝議の席は源融を最上席として位階順に座るのだが、会議をリードするのは時平であった。時平がひと度口を開くと発言中の者も口をつぐみ、彼が意見を述べれば殆どそれが結論になるというふうだった。藤原一族の頂点に立つ身としての自覚は、学問や詩歌よりも現実の政治行政により積極的に取り組むこととなって現れていた。

全国の国司の大半をガッチリと掌握している時平には、それらを通じて多くの情報が届けられており、自身は経験が浅くとも、行政の現場の事情に通じている。この情報量の圧倒的な差に対抗し得る者は藤原保則をおいて他にはなかった。

道真が参議になって一年程経ったある日、新羅《しらぎ》による来寇が議題になった。ここ二、三十年来、対馬や博多に新羅船が来襲して、絹・穀などを掠奪する事件が起きており、最近その回数が増えてきているという報告が時平から出された。

防備の兵員を増強すること、神仏へ国家安穏の祈禱を行うことなどの対策がひとしきり論議・決定されたあと、時平が発言を続けた。

「思うに、このような事態が頻発するようになったのは、我が国が遣唐使を派遣しなくなって以来のことである」

確かに、八三八年の遣唐使を最後に、かれこれ半世紀が過ぎている。

「これは、唐との交流が疎遠となった我が国を新羅が軽く見ている表れであろう」

時平はそう言って一座を見廻すが、誰も異論は唱えない。そういう見方もできなくはないのだ。

「ついては防備の強化とは別に、この際遣唐使を復活して国威を示したいと思うが、如何であろうか」

ここまでくると流石にざわめきが起きた。遣唐使の派遣は大変な国家的大事業なのである。半世紀の永い間実施されなかったのには、それだけの理由があるのだ。それでも発言する者はいない。時平がこう言えば、これはもう決定なのである。

時平は続ける。

「私は以前からこの案を温めてきた。決して思いつきで言っているのではない。大使、副使についても腹案を持っているので、ここで議にかけて決定したい」

いつもながら有無を言わせぬ一気呵成の議事の進行である。一座に緊張がはしる。常に人事は人の興味と注目を集めるものだ。まして遣唐使である。元来、遣唐使には当代随一の学者が選ばれてきた。選ばれることはその証明であって、学問で身を立てる者にとって最高の名誉であった。

そして時平によって発表されたのが、大使・菅原道真、副使・紀長谷雄《きのはせお》であった。

「おお」

と、どよめきが起き、全員の目が道真に集中した。

当時の日本人にとって、先進国・唐はあこがれの国であった。儒教、仏教などの精神文化から、建築、造船などの技術、織布、鉄器、陶器などの物品に及ぶまですべてが唐から入ってきていたのである。向学心に燃えて、単身外国商船を利用して入唐する学僧もいた。

学者道真としても、その学問、人生観から日常生活に至るまで、すべての規範となっている唐の土を自分の足で踏み、知識人達と直接会い、高名な詩人達が感慨を持って詠《うた》った風景をその目で見ることは望外の喜びである。紀長谷雄は道真が最も心を許している詩友である。彼との旅ならば、きっと楽しいものになるに違いない。

一瞬の内に、あれやこれやの思いが駆け巡り、体が熱くなるのを覚えた。《だが、大君はどう仰せられるであろうか。諸事改革は未だ手を染めたばかりだし。今のところは小手先の改革にすぎぬ。大改革はまだまだこれからだ。いやいや、律令制の再構築という大改革には、準備にまだ時間がかかるのだ。遣唐使は今までの例では大体一、二年で戻ってきている。出発までに一年を要したとしても、合わせて両三年にすぎぬではないか。それぐらいは大君もお許しになられるだろう》

政治より詩文に愛着が強い道真としては、最初から『行きたい』という方に気持ちが傾いている。それでも道真は、帝のお許しも得ぬうちに承諾するほど軽率ではなかった。むしろ下打ち合わせがあって、最終的には帝の御決裁によって決定するものと考えていた。それが通常のあり方なのである。ここは一応話は伺っておいて、あとで返答すればよいというつもりで聞いていた。

ところが時平は即座に辞退がないのは承諾したものという強引な捉え方をして、帝の御裁可を得るまでもなく発令手続きを済ませてしまった。こうして道真の遣唐使任命が行われ、直ちに派遣陣容の選定、船の建造等総費用の徴達法の検討等が事務方に命じられた。

ところで、このことより二月《ふたつき》程前、時平は同じ中納言の源《みなもとのひかる》光と内裏の一室で、二人きりで密談していた。源光は光孝帝の異母弟であるが、早くから臣籍にあって源を名乗っていた。この時四十九歳で、エネルギッシュな社交家であった。源氏であるから、本来は宇多帝を擁護して、むしろ藤原氏とは対抗してしかるべき身であるが、人の常として強い者には刃向かえない。それどころか計算高いこの人は、時平と手を結ぶことによってここまでのし上がってきたのである。

「光殿は最近の道真殿をどう見ておられるかな?」

時平にこう問われて、光は目をしばたたせながら、時平の気に入りそうな答を探していたが、

「いささか昇進の早いのが目立ちますな」

と、一応当たり障りのない返事をして様子を見る。

「その通り、我が父・基経が身罷《みまか》った直後に蔵人頭となって以来、僅か二年で参議となるや、左大弁《さだいべん》、勘解由長官《かげゆちょうかん》、春宮亮《しゅんぐうのすけ》と次々と重職を兼任しておりますが、それにもまして蔵人頭就任この方、大君のもとに付きっきりではありませぬか。噂によれば敦仁親王の立太子についても、唯一人道真殿にのみ大君の御相談があったとか」

時平は頭は切れるが狷介《けんかい》な性格であるから、たとえ味方としてすり寄ってくる光に対しても滅多に本心を見せることはない。それがこれだけはっきりと非難するのを聞いて、光も安心してその先を続ける。

「そのことです。本来なら左大臣に御相談あらせられるべきところを、立太子の発表が

あってから私が問うたところ、肝腎の左大臣をはじめ、どなたも直前まで御存知なかったと申されておりました。このままの勢いでいったらどこまで立身されることやら、そら恐ろしいことと言わぬ者はおりませぬ。何とかしなくてよいものでしょうか」

「今日はそのことを相談しようと思ってお呼びしたのです。方法は二つあります。あなたが言う通り、今、大君あっての道真殿、道真殿あっての大君の観があります。これを解消するには、即ち、大君か道真殿か、どちらかを消せばよいのです」

このような重大事を、いとも平然と言い放つ時平を見て、光の顔から、すうーっと血の気が引いた。あごの辺りが細かくけいれんしている。《恐ろしい人だ》しかも、時平が本気になったらできないことではないだけに恐ろしい。

「つまり大君に御退位願うか、道真殿を引退させるかの二つに一つでしょう」

「なれど……今俄にその手立てをとるにしても……何かことがなければ……その……名分が何か……要るのでは……」

と光の声が震える。

「勿論、私も考えました。それに、状態は今のところそれほど差し迫った脅威ではありませぬ。ですから先程私が申したような強行手段をとるまではないでしょう。しかし、禍根は早めに絶っておいた方がよいことは確かです。無理なく、自然な形で、この半年程そう思いながら様子を見ておりました。そこへ、またしても新羅による対馬侵冦の報告があったのです。その時私の頭に、ある考えがひらめきました。この事変をきっかけとして道真殿を唐に追い払ってしまおうと。よいですか、道真殿には遣唐使として唐に行って頂きましょう。これは失脚どころか、学者としての道真殿にとっては大変な名誉のはずです。よもや断わることはありますまい」

時平の腹の中は、道真の乗船が難破すればなおよいと思っていたに違いない。実際に過去の例を見るとその確率は高かったのである。時平が一方的に喋るのに、光はただただ頷ずくばかりである。こうして若手の中納言を味方につけておけば、それより上席には政治に対して情熱を持っている者はいない。そこで時平は台閣の首班・左大臣源融に当たった。融はいやしくも政権を代表する人物である。光と違って必ずしも時平の言うままになる、というわけにはいかない。

はたして、時平の話をひと通り黙って聞いたあと、

「帝の御裁可を得ずして大使を任命するなど、摂政なればいざ知らず、とんでもないことだ。そのようなことをして、あとで奏上した時に、大君がお認めにならなかったらどうするのか」

と時平の作戦の無理なところを突いてきた。ところが時平は少しもあわてる様子もない。

「この国は大君がしろし召す国です。大君の仰せの通りとなりましょう。その時は太政官一同、大君の補弼を誤った責任をとって辞任致さねばなりますまい」

と平然として言う。

道真を追い出すことができなければ、政権を放り出して帝を窮地に追い込み、退位を迫ろうという二面作戦である。かつて帝は時平の父・基経のサボタージュに遭って、あろうことか臣下に対して詫びを入れるという屈辱を味あわれたことがあった。もし又、太政官全員が辞任するという大事件が起これば、確かに御退位なさらなければならないだろう。

なおも強硬に反対する融に、

「もし左大臣に御賛同頂けなくとも、既に太政官の大半には御納得頂いております故、私は予定通りに朝議に提案致します」

と、最後はこう脅しをかけて時平は下った。遣唐使派遣についてはこのような根回しが行われていたのである。

一方、朝議のあと、すぐさま帝のもとに伺候した道真から話をお聞きになった帝は、珍らしく激昂された。未だ太政官からの奏上は届いていなくて、帝はその話を道真から初めてお聞きになられたのである。

「ならぬ。道真。それはならぬぞ。卿を唐に遣《つか》わして、その間に一挙に己れの政策を押し進めようとの時平の魂胆であろう。そもそもこれほどの大事を、予め私に相談もせずに事後承諾で済ませようとは何事であるか。摂政でも関白でもない者が。このようなことを許していては、これより先政が私物化されることとなろう」

そう仰せられるや左大臣・源融を直ちにお召しになられた。

融が参内するまでの間、帝は独り沈思されていた。《どう結論を出すべきか。認めることは到底できない。しかし拒否した場合について時平は何か考えているはずだ。無策ということはあるまい。許されぬ手順とはいえ、太政官において一旦決定したものが不裁可となっては、太政官も立ち場がないであろう。これは時平が仕掛けた罠だ》

絶体絶命と思われた帝が時平の挑戦に対抗策を見出だすことを得たのは、ちょうど融が参内した時だった。

「左大臣様御参内です」

と侍従が告げた瞬間に、《おお、そうだ、この罠を通り抜ける策が一つだけある》と、手を打たれた。それで落ち着かれた帝は、先程の興奮からすっかり冷静に戻られていた。

急遽呼び出されて、あたふたと駆けつけた融に帝は問われた。

「左大臣、恙《つつが》ないか」

「恐れ入ります、老骨、君恩にお報いする一念で精励致しております」

「さて早速だが、この度の遣唐使派遣の件はいかにも唐突の感があるが、何故にそのように急がねばならぬのか、又それにもまして、何故に人選を先行して決するのか」

帝への奏上は他にも案件があることだし、それらと一緒にまとめて行おうと思っていた融は、ぐっと言葉に詰まったが、

「最近、対馬や筑紫北岸に新羅の侵攻が頻繁になっております。警備を強化するのは勿論でありますが、疎遠になっております唐との結びつきを深めて、新羅を牽制する必要があります。又、今回行いますと、かれこれ六十年来の遣唐使ということになりますので、第一級の学者であり、又唐におても知名度の高い道真殿をおいては他に適任者はいるまいと自然にそういう結論に至ったものです」

「誰の発議であるか知らぬが、新羅の来寇と遣唐使を結びつけるなどいかにも筋の通らぬ話である。左大臣におかれては、遣唐使派遣に要する費用の算定や、その調達方法など研究されての結論であるか」

「そのことにつきましては、目下担当の者共に検討させております」

「では決定したのは大使と副使の人選のみということであるか」

「その通りでございます」

「相分かった。朝議において決定した事項を、私が覆えしては太政官も面目が立たぬで

あろう。大使、副使の任命は承認することとしよう。しかし、派遣の実行は延期せよ。調査するまでもなく、今、我が国の財政は官吏の諸手当の支給にも支障をきたしている有様である。太政官の諸公もこのことは充分承知のはず。今進めている改革が完成し、財政にゆとりが生じたあかつきに、改めて実施について検討することとする。ついては、このことによって私と太政官の間に確執を生じぬよう、道真本人から派遣中止の請願を致させるよう取り計らって頂きたい」

「承知致しました。仰せの通りに取り計らいます。太政官一同にも、大君の御言葉をよく伝えまして、いやしくも誤解なきよう努めます」

融は時平から不調の場合には太政官総辞任とまで凄まれていただけに、帝がどのような御裁決をされるのか心配していたが、絶妙な名案を聞いて、これなら穏やかに終結するであろうとホッとしたのである。

「左大臣の務めは御老体には負担も大きかろうと案じておるが、今後とも自愛の上、永く私を扶《たす》けてもらいたいと願っている」

「大御心《おおみごころ》身に泌みて有難うございます。こののちとも大君のおんために、犬馬の労をいとうものではございませぬ」

帝は、御自身の大叔父にあたるこの老臣の健康を気遣っておられた。融はその時七十二歳で、当時としては相当の高齢であり、流石に体力も衰えてきていたが、まさかこの一年後に薨去されようとは知るはずもない二人だった。ただ、帝と時平の間に立たされた融の心痛は並大抵なものではなく、それが健康を害する原因の一つとなったことは否めない。

融は帝の御言葉をそのままに朝議において報告した。それに対する時平の反応を窺う者も中にはいた。おそらくそれらの者達は、事前に時平から計画への賛同を求められていた者であったろう。しかし、大勢としては帝の仰せは重々もっともなこととして受け入れられた。

政治の裏舞台などには無頓着な藤原保則に至っては、

「大君の仰せられる通りです。今は経費のかかる不急の事業はすべてあと回しにして、制度を整えて勧農に全力を挙げるべきときです」

ときっぱりと言い切った。

帝の御意見がこうはっきりと太政官の支持を得ては、時平といえども如何ともし難い。更にそれを押し返せるほど時平の権勢は絶対的なものとはまだなり得ていない。

太政官の面子《めんつ》は立てておいて計画は中止、という解決は時平の計算にはなかったのだ。これでは帝にも道真にも、かすり傷一つ負わせることさえできはしない。《うーむ、大君にしてやられたな》時平自身が認める完敗であった。

道真としては、帝の御裁決を仰ぐことなく大使任命が決定されるとは考えてもいなかっただけに、帝のお怒りを目のあたりにして、只管恐懼《ひたすらきょうく》するばかりであった。とにかく、遣唐使派遣中止の請願書を提出しなければならない。考え得るあらゆる理由を列挙してみる。

一、最近は唐の商船が貿易のため頻繁に来航していて、学者、僧の来朝も多く、座して唐の様子を詳しく識ることができる。

二、それによると、唐は国家の呈をなさぬほど混乱が激しく、文化面でも見るべきものがない。

三、過去の事例を見ると、遣唐船は度々遭難していて、唐に達することは至難のことである。

四、唐の国内の治安も極めて悪く、危険が予測される。

五、我が国家経済も逼迫していて、費用の捻出が極めて困難である。

書いてみて道真はため息をついた。《みんな、前から分かっていることばかりではないか、なんと愚かな夢を見たものよ》時平の強引なやり口は恐るべきものがあったが、時平が父のやり方を見ているだけに、それが当然と思っていても、基経が摂政・関白であったことを忘れている。中納言の身では許されない所業であった。それにしても、道真が常々一度は唐の土を踏んでみたいものよと思っていたその願望を見抜いての計略であったのである。《うかうかと乗せられるとは、恥ずかしいことよ》そう思いながら上奏文をまとめたが、最後の項目は、考えようによっては帝の治政をあげつらうことになりかねない、と思い直して削除した。

上奏文を提出したあと、道真は何となく帝に拝謁するのは気が重かったが、帝は一切気におかけになっているふうではなく、そのことはなかったかのように、以前同様に道真を重用された。

おまけに、このような成り行きから、道真には遣唐大使という大層名誉ある肩書きが一つ増えるという奇妙な結末になったのである。

四、右大臣・道真

翌くる年、左大臣・源融が薨去。

太政官人事の異動が行われ、右大臣・藤原良世《よしよ》が左大臣に、大納言・源能有《よしあり》が右大臣に、それぞれ昇進し、道真も従三位中納言に任ぜられた。ここで遂に時平に追いつき並んだのである。同時に祖父・清公《きよただ》、父・是善《これよし》が昇り得た最高位階にも達したこととなった。

道真ただ一人を手強い政敵と目している時平のあせりを、更に募らせる事態が生じた。

帝に五経の御進講に伺候していた道真が、講義を終えて退去しようとした時、

「ところで衍子《えんし》は息災であるか」

と、帝がお尋ねになられた。衍子は道真の長女である。

「お陰様で恙《つつが》なく暮らしております」

道真が答えると、

「それは重畳《ちょうじょう》、近々に入内させよ」

と仰せられた。

ともなげに仰せられるが、これは大変なことであった。自分の娘が入内即ち女御となることは臣下として大変名誉であるばかりか、一家一族の繁栄が約束されることである。もし御落胤でも出産すれば、帝と血縁ができることであり、それが男児であれば、まかり間違えば皇位を継ぐ可能性さえ生じるのである。万一そうなれば道真は帝の外祖父である。可能性は想像を呼び、想像は果てしなく広がって、話を伝え聞いた時平は焦躁に駆られるのである。既に女御となっている妹の温子は、一向に懐妊の様子はない。

《帝は故意に温子を避けて、道真の娘を召されようとしている》

遂に時平の不安は怒りとなって、左大臣・藤原良世に向けられた。こともあろうに、中納言の身でありながら、台閣の首班たる良世を呼びつけて叱責したのである。もっとも、政庁では左大臣対中納言であるが、門閥では時平は嫡流、良世は傍流である。

「昨今、道真殿に対する大君の偏重ぶりを、あなたはどう考えているのですか。国の大事を道真殿一人に御相談される大君の御振舞い。世間では太政官あってなきに等しいとまで言われているのを御存じないのですか。藤原一族を代表して台閣の首班に座っている身でありながら、今や我等一族の脅威となりつつある道真殿の娘が入内するのを阻止しようともしないで、一体あなたは何を考えているのですか。もはやあなたのような方を、一族の代表としておくわけには参りませぬ。即刻お止めなされ」

人前で床を叩いてこのように罵倒されては、いかに温厚な良世といえども、屈辱に堪え切れず、即座に帝に辞任を願い出た。

こうした動きを冷静に眺めておられた帝は、良世の辞任をお許しになられた。良世を慰留して事を穏便に収めるより、決裂させた方が時平の孤立を深め、一族内部の亀裂を大きくすると御判断されたのである。

首班が辞任した太政官に、帝は今度は何等の異動も行われなかった。必然的に右大臣・源能有がそのままの地位で首班とならざるを得ない。ところが、この人は良世と同年齢である上お体も頑健でなく、心労に堪え切れずに一年と経たないうちに亡くなられた。

左大臣・源融が身罷《みまか》ってより僅か二年のうちに、良世が辞職、能有が薨去してあっという間に大臣不在となり、今や太政官の筆頭は共に従三位中納言の時平と道真ということになった。先行していた時平を急追して遂に肩を並べた道真が、逆転して首位に立つ絶好の機会である。おそらく帝はそうなされるに違いない。時平はそう思った。周囲もそれを予測した。

一度宣命《せんみょう》が発せられたら、時平にはそれに対抗する手段はない。絶体絶命のピンチに立った時平は、強行手段に訴えた。能有の葬儀が終るや、時平は帝に拝謁を願い出た。時平の願い出をお許しになられた帝は、侍従から謁見の場所が紫宸殿《ししいでん》に設定されているとお聞きになって不審に思われた。紫宸殿は朝賀などが取り行われる内裏の正殿である。時平が拝謁するぐらいのことで使われるはずはないのである。《はて?》そう思いながら玉座に足を踏み入れ、大広間を御覧になって帝はあっと驚かれた。何と、そこには百人もいようかと思われる多勢の者共が、威儀を正して低頭しているではないか。

正面先頭の者がおもむろに顔を上げた。時平である。その端然とした顔は血の気が引いて青白く、緊張し切っている。彼にとっては決戦に臨む心境であるから無理もない。

「この度は、右大臣・源能有公御薨去され給い、我が日の本には大臣不在という異常事態が出来《しゅったい》致しました。このような危急の時こそ、我等藤家《とうけ》に連らなる者一同が一丸となって大君を補弼し奉らんと誓いを新たに致しております。申し上げるまでもないことではありますが、大君におかれましてもこれまで以上に我々を己が手足と思し召されてお使い下されば、必ずや一同身命に代えてお役に立つ所存にございます。大君に対し奉り、藤家一同の赤心をお伝え申し上げ、御安堵願い上げ奉りたく、このように一同打ち揃って参上致しました次第にございます」

時平の言上が終ると全員が顔を上げた。当然、藤原を名乗る者達ばかりであるが、それにしても昇殿を許されるのは五位以上であるから、朝廷の要職をいかに藤原一族が占めているかを物語る人数ではあった。要するに、時平の言葉とは裏腹に、道真を首班に据えたら藤原一族は協力しないぞというデモンストレーションである。

「心強く思うぞ、忠勤を励め」

帝は言葉短かくそう仰せられて席をお立ちになられたが、心中は穏やかではなかった。衆を頼んで天子を強迫するなど、いやしくも臣下として許されることではない。しかし、あれだけの数の役人が心を合わせれば十日で済むはずの仕事を一年に延ばすことぐらい造作もないことである。しかも、この輩はそれを合法的に行う術を心得ているから始末が悪い。そうなれば行政は渋滞し、政は行えなくなって、帝として何らかの打開策をとらざるを得なくなるだろう。それは譲位を意味する。


長い沈黙が続いた。階前にはもう夕色が漂っている。しかし真夏の熱気はまだ冷めやらず、夜にまで続きそうな気配である。

無意識のうちに団扇を動かしておられた帝が口を開かれた。

「公の意見ももっともであるが、時平の挑戦にずるずると後退しては私の負けだ。一度引き下がったら二度三度と追い打ちをかけてくることは必定、ここは一番、捨て身で、負けて勝つ戦法しかない。先ず、時平の望みをいれて、これを大納言とした上で太政官の筆頭とする。時平はこれで安心するであろう。一方で、今年は東宮の元服の年であるから、それと同時に東宮に譲位する」

「東宮のおん歳から考えますと摂政が必要になりませぬか」

いよいよ時平が台閣の筆頭となれば、帝も今までとは違った接し方をしなければならない。時平も政権を総括する者としての態度を露骨にしてくるだろう。その対策として帝は譲位を打ち出されたのだ。時平の抬頭に続いての帝の御退位という事実だけを見れば、帝と時平の闘いは時平の勝利に帰したかに見える。そこが帝が仰せられる『負けて勝つ』戦法である。

「いかにもその通りだ。しかし、時平の位階と年齢でそれを望むのは無理であろうぞ。自然、敦仁の後見は私がすることとなる」

「確かに、藤原高藤殿を外祖父とされる東宮には、藤原一門として反撥や対抗もできかねるということに相い成りましょう」

流石に道真は読みが早い。

「藤原一門はそれで牽制できよう。だがそれだけではないぞ、皇族の中にも私を陥《おとしい》れて皇位を簒奪《さんだつ》せんとする動きがいろいろ耳に入るが、これらの企みもこの際絶ち切ることができる」

皇族の中では、文徳・清和・陽成の系統をはじめ、この人臣より復籍した帝を認めず、早い機会に正統な者が皇位を継承するべきであるとする気運が未だ残っているのである。

「私にとっては、退位しても失うものは何一つなく、得る所は大きい。そうであろう」

智略に優れ、旺盛な活動力をお持ちの帝であればこそ、ここまでこられたが、帝と時平の闘いはこれからが熾烈を極めてくるのである。帝としてはそのために盤石の布石を構築することが急務であった。

「時平を大納言にすると同時に、公は権大納言《ごんだいなごん》に任ずる。公の発言力は強くしておかねばならぬ」

そして帝が一人ひとり名前を挙げられた太政官の新らしい顔ぶれを分類すると、藤原姓五名、源氏・皇親系七名、それに道真である。これは思い切った人事である。今まで藤原氏が太政官の半数を切ったことはない。しかも、藤原勢は時平を除くと藤原有実の五十歳が一番若いのに対し、源氏側は三十歳台が一人、四十歳台が二人という若返りようである。この布陣で帝は時平を強く制肘《せいちゅう》しようというものであった。

道真は個人的には今以上の出世を望む欲はない。父祖と同格にまで達した現状でもう充分である。むしろこれ以上の出世は人のそねみを買うだけだ。しかし臣下としては、帝のおんためになることであれば、帝が望んでおられるのであれば、慎しんでお受けするべきであろう。

そしてできることなら、自分が帝と時平の間をよい方向に誘導していきたいものだと思っていた。天皇親政を不動のものにすることを目指す帝と、藤原摂関家を世襲として定着させることを目論む時平では、真っ向から対立するのは当然である。摂関家という政治形態は大陸の歴史にはない。したがって道真もそれには否定的であって、いかに藤原氏の勢力が強大であろうが、あくまでも帝を補弼するという立場を忘れてはならないと考えている。

道真は自身を、根っからの学者であると知っている。学者の仕事は仮説を立ててその普遍性を追求するという思索の中での作業であるが、政治家は自説を実行に移すためには多くの人を現実に動かさなければならない。人を動かすには、俗に言う脅したりすかしたりの尋常でない手段を用いることもあり得る。権謀術数とは、政治家そのものである。

そして、その道真の性向・特質を、帝はよく御存知だった。だから帝は、道真をどれだけ重用されて、その意見に耳を傾けられても、政治的判断は御自身で下されて、道真に無用な負担をおかけになることはなかった。帝が道真に御期待されたのは、道真の該博な知識、高い見識、無私無欲で正義にかける気概であった。帝は道真が阿衡事件で示した、あの気概と見識に打たれ、その鮮烈な印象が消えることがなかったのである。

帝は退位の方針を、道真の次に帝の御養母である藤原淑子にお伝えになられた。淑子は事実上、宇多帝を実現した人である。気丈な淑子に、おそらくこっぴどく叱られると覚悟していると、

「十年間よくお勤めになられましたなあ。藤原氏と関わりの少い大君に、何かと気は揉んでおりましたが……御退位を御決断なされましたか……今年は東宮も元服なされますことですし、それを機会に譲位されるのもよいかもしれませぬな。東宮は藤原の血を引いております故、陰ながら私もお力添えがしやすうございましょう」

と言って、慰労の言葉と同時に、今後の協力を約束してくれた。

帝にとってこの言葉は百万の味方を得た思いであった。時平の叔母であり、後宮を掌握している淑子には、藤原一門にも頭の上がる者はいない。その上、聡明な彼女は、皇族や源氏の各位にも何かと便宜を計ったり、面倒を見てきていて、この方面からも絶大な信頼を得ていた。今まで孤立無援の宇多帝が何とか妥協しながらでも政策を実現してこられた背景には、彼女の有形無形の掩護《えんご》に少なからずあずかっていたことは、帝御自身が一番よく御存知になられていた。それが今後はもっと積極的に協力すると言ってくれたのだから、こんなに心強いことはない。

寛平九年（八九七年）
六月八日　右大臣・源能有公薨去
六月十九日　時平、首班（大納言）となる
七月三日　宇多帝譲位、醍醐帝践祚《せんそ》

台閣筆頭の源能有が薨去して、僅か一ヶ月足らずの間のまさに息もつかせぬ電撃的政治日程で、宇多上皇は完全に時平を圧倒して実権を握られた。時平としては、政権を手中にした喜びに浸る間もなく、予想外の皇位継承で、対応は後手後手にまわり、またしても政治的敗北を喫した。上皇と言ってもまだ三十歳のお若さであらせられる。仕事をするのはこれからというお歳であり、新帝はまだ十二歳であらせられるから、実質的には政治は上皇が執り行われて、帝は宣命に御署名をされるだけと言ったものである。

二年が経ち、昌泰二年（八九九年）二月、藤原時平は左大臣に昇進した。同時に道真は右大臣となり、両者最高位に並立することになった。権門の出身ではなくして大臣になったのは、奈良時代の吉備真備《きびのまきび》以来で、およそ百三十年ぶりのことであった。道真としては恐懼頻りに上表し、あるいは直接上皇に拝謁して御辞退申し上げた。当時の慣行としての儀礼的な辞退とは違い、真剣であった。

この時代は社会構造が固定化され、皇親家あるいは藤原氏でなければ高級貴族への仲間入りは難しい社会になっていた。まだ実力がある程度通用した奈良時代ののびのびとした空気とはまるで違うのである。世間では嫉妬・羨望による中傷がやかましい。それは道真が父祖を超えて、従二位・中納言に昇った時から一段と激しくなっていた。それに加え、宇多上皇には御在位中に道真の娘・衍子が女御として入内している。このことも時平にとっては脅威と受け止められていた。道真はこれらのことを充分承知しており、漠然とした危険を予感していた。そこへ今度は大臣である。

「学者は学者らしく、学問をもって帝にお仕えし、後進の指導に専念したいのです」

と、必死に訴えた。しかし、上皇はお聞き届けになられなかった。

「私の政策を遂行するためには、公の力を借りなければならないのだ。公が一番よく知っているではないか、他に誰が私心を捨てて私に尽くしてくれようか。これまで藤原一族を相手として何とか地方制度の改革を進めてこられたのも、二人が力を合わせてきたからではないか。未だ道半ばにも達しておらぬ。帝も幼い。今しばらく力を借してくれ」

上皇にここまで言われては、道真としてもこれ以上お断りすることはできなかった。

この後間もない頃、ある事件が起きた。

朝議を終えて退出する太政官一同が前庭に出てきた。先頭を歩く時平が、承明門の近くまで進んだ時、待ちかまえていたように時平に近づく者があった。時平の弟・忠平である。時平にはこの忠平との間にもう二人弟がいたが、彼等が凡庸であったのに比べこの末弟は緻密な頭脳を持っていた。忠平はこの時十九歳であった。忠平が何か時平に訴えているようである。時平はあまり取り合おうとしない様子である。忠平の声が少し大きくなった。

「あまりではありませぬか、兄者」

それを聞いて時平が大声で怒鳴った。

「馬鹿者、場所をわきまえろ。この役立たずが」

同時に時平は手にしていた笏《しゃく》で忠平の頬をはっしと打った。笏の当たる角度が悪かったのか、忠平の頬にすっと血が滲んだ。忠平は無言で打たれた頬を押さえ、その場に片膝ついた。その忠平を見おろしながら、時平はなおも笏で打とうとするが、だぶつく袍《ほう》の袖が邪魔して俊敏な動きができない。

時平の後に続いていた太政官の面々やその付き人達は、この情景をただ息を呑んで見つめている。誰一人止めようとする者はいない。雅《みやび》の世界に浸り住むこの人達が、この荒っぽい場面に色を失ったのは当然かもしれない。が、下手に中に入って時平の不興を買うことを恐れる心情も働いたに違いない。

その時、袴の裾を引きずりながら両者の中に割って入ったのは道真であった。

道真は時平の肘を抑えながら、

「左大臣、もうよいではありませぬか」

と静かに言った。

「こやつが、こやつが」

と、時平はなおも道真の手を振りほどこうとしたが、やがて忠平を睨みつけながら、荒々しく立ち去った。この様子を見ていた人達も、ひっそりと門に向かった。

道真は懐から帛《きれ》をとり出して、忠平の頬の血を拭った。忠平は道真の三男と同年齢である。

「さ、お立ちなされ」

「有り難うございます。どうも見苦しい所をお見せしました」

忠平はそう言った。別に興奮している様子はない。時平の方が一方的に逆上していたようである。

しかし、忠平は太政官をはじめ多勢の官人達の環視の中で受けたこの恥辱を忘れることはなかった。それだけに道真の仲裁を徳とし、このことがあってから後、折々に道真の邸を訪ねるようになった。

道真は外国からの使臣や文人学者を、七条・朱雀《すざく》の鴻臚館《こうろかん》でしばしば接待していた。その時に聞いた外国の話などを、忠平は楽しんで聞くのである。そういう機会に聞く忠平の言葉の端々から分かったところでは、時平は弟達の出世昇進に極めて消極的であった。権力者は自分を危うくする可能性の高い者を遠ざけ、場合によっては己れの右腕とも頼むべき逸材を、それ故に粛正することさえある。弱冠二十八歳で人臣最高位の左大臣という時平一人の立身出世に比べ、あまりにも差がありすぎると不満を持った弟が兄に直訴に及び、痛い所を突かれた兄がカッとなって弟を打ち据えたものであったらしい。

その伏線となっていたのが、この兄弟の性格の違いであった。時平は見るからに貴公子然とした端麗な顔立ちで、性格は勘気が強く、一本気で、それだけに懐が狭い所があった。忠平はまるで正反対で、容貌も性格も茫洋としていて、頭は緻密なのだが時には何を考えているのか分からぬような所もあるというふうであった。又、その低く太い声でのゆっくりとした話し方は妙に説得力を持っていて、多勢の中でも彼がしゃべり始めると何となく皆が聞き入ってしまうという特異さがあった。そして、その威圧感が時平をして恐怖心に似たいら立たしさを感じさせるのである。権力者はいつの場合でも孤独である。時平も又、藤原一族の繁栄のために宿命的に上皇や道真と闘いながら、一族の中では覇権を守る闘いを続けなければならないのである。

この事件は口さがない連中の格好の話題となって広がり、忠平は道真寄りの人物と目されるようになった。確かに忠平は兄・時平に対して、はっきりと怨みを持つようになっていた。しかし、だからと言って政策的に道真に同調するとかいうことではない。忠平といえど畢竟《ひっきょう》藤原の人間でしかあり得ない。それでも噂は独り歩きするものであり、しかも一番始末の悪いことに勝手に増幅されていく。あらゆる所に情報網を持つ時平の耳に、そうした噂が入らぬはずはない。興味本意に歪曲された忠平の噂話を聞く度に、時平は益々不信感を強めて更に疎外するのである。とは言っても、まだまだ忠平は年若く、時平がまともに危機感を持たねばならぬ相手ではなかった。後に忠平が時平にとって代わる日がこようなど誰も考えはしなかったのだが、忠平本人だけは、いつかは必ず、と心に誓っていたのである。

その年の秋、美しく京の都を彩った紅葉もそろそろ過ぎて、朝夕は京特有の底冷えを感じるようになっていた。

道真は宇多上皇の御座所・朱雀院に伺候していた。上皇は退位後も引き続き道真を師として、御進講を要請されたのである。

学問には大変御熱心であらせられたが、それに止まらず文化風俗の面にも強い関心をお持ちの上皇は、御在位中にも、たとえば正月十五日の七種粥《ななくさがゆ》、三月三日の桃花餅《とうかのもち》、五月五日の五色粽《ごしきちまき》、七月七日の索麺《そうめん》、十月初亥餅《はついのもち》等、当時民間で行われていた季節の習俗を宮中の歳時となされた。又、賀茂臨時祭なども始められたというように、肩肘張らぬ賑やかなことが大変お好きなお方であった。

こういう御性格をよく存じあげている道真だが、この日ばかりは大変な衝撃を与えられた。

「公よ、私は出家することに決めた」

といきなり仰せられたのである。いつもこのお方は突如として、人の意表を衝く行動をお取りになる。しかし、それが熟慮を重ね、充分に計算し尽された上での行動であることは、御退位の時の例を見ても分かる。

あの時、先手をとって攻勢に出たつもりだった時平は、帝の御譲位という思いもかけぬ返し技にあって完全に守勢に立たされてしまった。それでも時平は、流石にそのまま手を拱いてはいなかった。以来二年間、着々と太政官の取り込みを進めてきた。彼が多用したやり方は、目指す相手にそっと近づき、

「あなたが太政官になられて以来、各地で新たに貴家の荘園が設けられていると報告が相次いでおりますが、御存じでしょうな。お立ち場もありますれば、御忠告申し上げておきます」

と囁くのである。貴族など自家の内情さえ把握していないため、あてずっぽうにでもこう言われると、相手が全国の情報に精通している時平だけにうろたえてしまって、以来時平に頭が上がらなくなるのである。

宇多帝の御退位作戦は奏功して、上皇におなりになられてからも政道は上皇主導の下に進められ、かなりの成果を挙げてきていたが、時平の巻き返しによって、源氏を名乗る太政官までが時平の手中に陥るに及んで、上皇の施政に支障を生じる恐れがでてきた。

この事態を何とか喰い止めねばならぬと、上皇が新たな政治力としてお考えになられたのが仏教であった。その当時、国家の手厚い庇護を受けて隆盛を極めた仏教は、今や貴族から地方豪族、そして大衆へと浸透しつつあった。この力を用いれば皇族、源氏と言わず

藤原氏さえも動かすことができよう。

「どうだ道真、この考えは」

「しかしながら宗教を政治に利用するのは、仏への冒瀆になりはしないでしょうか」

「これは公の言葉とも思えぬぞ。古《いにしえ》より宗教を以て国を治めた王権は多い。いや、むしろそれが常道ではないのか。我が皇統も神を祀って国を治めているが、今や国教とも言えるほど隆盛を極める仏教の力を用いて国を治めることは正道と言ってよいではないか」

道真は、仏法を以て民を教化するのと、名利《みょうり》を利用するのとは違うと言いたかったのだが、今は政治の話であったと思い直し、

「ごもっともでございます。しかし、上皇が仏門に入られましたら、御政務はいかがなされるおつもりでしょうか」

「案ずるな。今まで通り公がこのように参じてくれれば、私と敦仁（醍醐帝）と公の三人が結束して政道を行うのに何の支障もない」

そう仰せられてから間もなく上皇は落飾されて法皇となられた。信心という方法で個々の人の心に浸透する宗教の力は強い。それに加えて、国家が権威を与え、手厚く保護しているのであるから、これを利用した法皇の無言の圧力は計算通りの効果を発揮し、政権は更に安定したものとなった。

しかし、有為転変は世の習いである。それは周囲の条件の変化によることもあるが、当人の心から生じることもある。順風満帆の宇多法皇の心に思わぬ緩みが生じてくるのも、人として当然の帰結と言わなければならないのだろうか。

九世紀最後の年、九〇〇年（昌泰三年）紅葉狩りに遊行あそばされた醍醐帝は、その帰り道、朱雀院に父・法皇をお訪ねになられた。帝もおん歳十五歳、少年期から青年期にさしかかる御年齢である。

この年の五月に、道真の推奨により蔵人頭に抜擢された藤原菅根《ふじわらのすがね》によって、法皇から帝に会いたいと申し伝えがあったのである。むしろ紅葉狩りはそのために催されたようなものであった。菅根は優れた学者であったが、昇進運に恵まれず不遇をかこっていた時期に、道真がその才能を認めて以来ずっと目をかけ、引き立ててきた人物であった。

帝を迎えられた法皇は、帝の若者ぶりにお喜びになられながら、早速二人だけの密談に入られた。お二人がお会いになられるのは、醍醐帝の践祚《せんそ》の時以来で実に三年ぶりである。皇室の諸行事にも法皇は御出席されていない。それだけに今回の法皇のお招きはよほどのことなのである。若き帝も何事であろうと特別な御関心を持って父をお訪ねになられた。法皇は帝の御健康や日常について二、三お尋ねになられたあと、本題に入られた。

「敦仁、そなたも今年は十六歳（数え年）になられた。もう立派な大人故分かっておるであろうが、我が国は本来帝がしろしめす国である。時代によって帝と皇太子が政を執り行った時もある。それが藤原一族が覇権を独占するに至って以来、帝と藤原の形となり、更に藤原が摂政を僭称《せんしょう》するに及んで、あたかも帝位なきが如く振舞うに至った。私はこれを旧《もと》に戻すべく努力を重ねてきたが、その道は険しかった。即位以来十年の余を経て、幸いその道も拓《ひら》けてきたように思っている。今は私があれこれと政を指図しているが、これは本来の我が国の政道のあり方ではない。又私の本心が意図する姿でもない。そなたも立派に成長したことであり、そろそろ名実共にそなたが政を執り行うようにしなければなるまいと考えているのだ」

「父君、御言葉ですが、私にはまだまだ政の要諦は分かりかねます」

「それは無理もあるまい。そうよ、今即座にというものではない。だんだんにそうなっていけばよいではないか。私の関与を少しずつ減らしていけばうまくいくのではないかな」

「父君の御指導に従って参りたいと思います。今後とも助言・御指導を賜りとうございます」

「おお、そのことだが、私が口出しを減らす分、当分は誰ぞに助力を頼まねばならぬ。本来なれば左大臣の務めであるが、これが藤原故あまり頼りとしては、庇《ひさし》を貸して母屋《おもや》を取られることとなりかねぬ。そこで私としては、右大臣（道真）を関白として補弼の任に当たらせるのがよいと思っている。右大臣ならばそなたも進講を受けており、好都合であろう。何よりも私心のないところが、安んじて相談できる最も肝要なところだ」

法皇のお考えは、御親政という観点からは正しかったであろう。又道真に全幅の信頼をお寄せになるのも正しい選択であったに違いない。難しいのは左大臣を差し置いて、右大臣を相談役にしたいという点であった。そこで、法皇がお考えになられたのが、道真を関白にというのであるが、なるほど妙案ではあるが、あまりにも政治力学を無視した、即ち時平を軽く見た御発想であった。結果論ではあるが法皇の御油断であった。

道真は内密に呼び出されて、朱雀院に伺ったが、帝が行幸遊ばされているのに驚いた。正面上座に帝が御着座され、法皇は帝を立てられて脇にお座りになられていた。何事か、とまだ戸惑っている道真は、帝から『関白に』と御内意を告げられて仰天した。

「有り難き御言葉。道真身に余る光栄でございます。しかしながらこの国の歴史始まって以来、関白の座についた者は、今は亡き昭宣公（藤原基経）ただお一人にすぎませぬ。

不肖道真は君恩のお陰を蒙《こうむ》りまして右大臣に任ぜられておりますが、元々は一介の儒林の出でございます。今でさえ私の破格の出世について、世間ではとかくの虚説が流布《るふ》しておりますものを、この上の重職、それも関白などということになりましたら、諸官ことごとく異を唱えて、朝務が渋滞することは目に見えております。そのようなことになりましては、折角現在順調に推移しております御親政が、行き詰まる結果となって、天下万民のためにも憂うべき事態に立ち至りましょう」

「私のために、いや政を今以上に強力に推し進めるために一段の尽力を願いたいのだ。既に法皇とも協議の上のことなれば、何としても受けてもらわねばならぬ」

法皇も同席されての話し合いである。未だおん年十五歳の帝は、父の目前でこの話を断られるようでは面目が立たぬと思し召されてか、一生懸命である。

しかし、道真としてもここで折れては一大事である。己れ一身のことではない。場合によっては帝にさえ身の危険が及ぶかも知れないのだ。帝はもとより法皇でさえも、過去において、豪族達が一族の浮沈をかけてどれほど凄惨な闘いをしてきたかを、観念的にしか御存じない。

蘇我を倒して藤原が覇権を握って以来、二百年が経ったとはいえ、同種の闘いは陰で今に続いている。御親政が順調に推移しているということは、相対的に藤原氏の力の低下ということができる。藤原氏としてはそれが他につけ入れられる隙になるかもしれない。又、法皇は政治の改革を進められているが、改革は必然的に既得権を持つ者に痛みを与える。そして打ち続く藤原の天下で、既得権を多く得ているのはこの一族である。それやこれやで、御親政下藤原一族には不満がうっ積し、それは無言の圧力となって時平に及んでいるはずである。帝側が不用意に時平を刺激すれば、両方からの圧力に追いつめられて、何らかの突破口を求めて暴発するに違いない。

道真の額には油汗が流れている。いや全身汗が溢れて止まらないのだ。いつも泰然としている道真には今までになかったことである。懐から帛《きれ》を取り出して顔を拭いながら、

「大君にそこまで仰せられましてもなお、この件を御辞退申し上げるのは大罪でございましょう。しかし、その罪が死を以て贖《あがな》うべきものであっても、私にはお引き受けできないのです。その理由を道真、命にかけて申し上げます。そもそも我が国における皇室は、大陸における王朝とは、その成り立ちや構成を異にするものです。彼の国では、英傑が国をはじめ諸国より人材を集めて国を治めます。そのよろしきを得れば漢や唐のような大国となりますが、一旦事を誤れば大国といえども王朝は瓦解して、新しい王朝が誕生します。ひるがえって我が国では、氏族が皇室を支えて朝廷が成り立っております。それ故、氏族同士ではそれぞれ消長がありましても、皇統は安泰に永続してきているのです。つまり、

我が国では氏族を無視し、あるいはあまりに軽んじますと、皇統の安泰さえもが危うくなることが考えられます。私が大君の御命令に背いてまで、関白を御辞退申し上げるのは、このようなことを考えるからなのです」

「それでは帝というものは、ただの飾りにすぎぬと……」

と、やや帝が気色ばまれる。

「そのようなことは決してございませぬ。古《いにしえ》、彼の大陸において、舜帝には賢臣五人ありと、又周の武王は治臣十人あってよく天下が治まったと言います。しかも、皇帝自らは政務にあずからなかったと伝えられております。それでは、これらの皇帝は飾りにすぎなかったのでしょうか。後世の史家は名君として讃えているではありませぬか。現に今現在、法皇や大君の御政策に従って臣下一同政を進めております。有力氏族といえど、大君あってのものにすぎませぬ。もし皇統なかりせば、世は争乱に明け暮れて民は困苦にあえいでおりましょう。そのように、我が国では皇室と豪族は両々相俟って天下が治まっているのです。氏族が専横に走るのは許し難いことですが、又あまりに軽んじるのも過りです。ましてや私一人で何ができましょうか。左大臣（時平）をはじめとして藤原一族は多士済々です。それ以外にも人材は差別なく、広く登用することが肝要かと存じます。今日は存念のたけを申し述べさせて頂きましたが、皇室に対し奉りまして、口が過ぎました。不敬の罰は如何様な御処分も覚悟致しております」

言い終って道真が低頭すると、それまで黙って二人のやりとりをお聞きになっていらっしゃった法皇が、

「右大臣、よくぞ申してくれた。敦仁、私達は功を急ぐあまり、道理の見極めが足りなかったようだ。よく分かった。この話はなかったこととしよう」

と仰せられ、続けて帝が、

「右大臣の赤心に一点の疑いも持ってはおらぬ。皇室を思い、誠意溢れる言葉が何で罪に値しようか。案ずることはないぞ」

と、御言葉を賜った。

この協議は法皇と帝と道真だけでの密談であった。いやもう一人、蔵人頭・藤原菅根が次の間の隅に控えていた。しかし彼は道真が推挙して登用した人物であり、法皇と帝の間をどのような極秘事項でも忠実に取り次ぎしていたから、誰一人彼のことを危惧する者はいなかった。それに道真が朱雀院に伺候するのも日常のことであったから、特に人目を引くわけでもない。

ところが、千丈の大堤も螻蟻《ろうぎ》の一穴より崩るのたとえがあるように、このことが後日大事件のきっかけになろうとは、この四人の誰もが露ほども思っていなかった。

数日後、事務連絡のため時平の所へ行った菅根に、一通り仕事が終ったあと、時平がこう声をかけた。こんなことは滅多にない。

「ところで先日、大君は紅葉狩りの帰りに朱雀院に行幸遊ばされたそうだが、何かよんどころない御用がおありだったのであろうな」

こういう質問は当然あり得ることなので、菅根はさりげなく、

「いいえ、これといってお話があったわけではありませぬが、大君が久しく法皇に御無沙汰申し上げておる故、この機会に御機嫌お伺い申し上げたいと仰せられまして、急遽お立ち寄りになられたのでございます」

「それにしては紅葉狩りからのお帰りが、随分お早かったというではないか」

確かにその日は、極めて少人数のお供しかお連れにならず、お昼を済ませられると、早々に朱雀院に向われたのである。しかし、こんなことを重ねて質問するのは何故だろうか。

「そうです。あの日は大君もほんの気晴らしの御散歩という軽いお気持ちでお出かけになられまして、何もかもお気の向き次第という感じの一日でした」

このあたりになると、菅根も神経をとがらせて用心深く応答する。時平が何を知りたがっているのか、どの程度の情報を摑んだ上で物を言っているのか、それを探らなければな

らないからだ。貴人の場合、何の変哲もないように見える言動が、場合によっては重要な意味を持つことがある。いきおい、菅根も最少限度の発言に止めようとする。

そんな菅根の表情の変化を、時平の切れ長の目がじっと見ている。時平の臭覚は、その日の帝の朱雀院御訪問に何かあると嗅ぎつけているのだ。歳こそ若いが、永年政界で揉まれてきた時平に比べ、殆ど学者としての経験しか持たない菅根である。料理するのは容易《たやす》い。

右大臣・道真のお陰でここまで昇進してきた。その恩は決して忘れていない。しかし、これから先は右大臣の更に上席の左大臣の力も借りなければならないだろう。時平は菅根の今後にとって重大な影響力を持っている相手である。菅根の心に、将来の栄達という言葉がちらりと覗いた時、その表情の僅かな変化を、時平は見逃がさなかった。

「そなた蔵人頭の職責は存じておろうの」

と、全く別の話を問いかけた。

時平の真意を計りかねて、

「は、一通りは心得ているつもりですが」

「儒家にとって、蔵人頭が参議への登竜門であることも存じておろうの」

「は、いえ……そのことは……」

「嘘を申すな。それしきのことを知らぬはずはない。しかし、蔵人頭を務めた者が、皆参議になれるものでもない。そうであろう」

「は、いかにも」

「やはり本人の器量、実力であろう。ただ大君と太政官の間を子供の使いのように往復しているだけではのう。いくら真面目と申しても参議には向かぬであろう。そうは思わぬか」

「……」

《自分のことを言われているのか。確かに自分は大君や法皇に忠実に仕えている。それは左大臣に対しても同様だ。そうすることが自分の務めだと思っていたのだが、左大臣はそれだけでは御不満なのだろうか。もしそうだとすれば、何をお望みなのだろうか。そしてそのことが自分の将来を左右するものであるとしたら……》菅根の緊張は頂点に達している。

『参議』『失脚』の文字が交互に閃光のように脳裏にきらめく。目まいを起こしそうだ。

《今、自分は岐路に立っている。奈落の底には落ちたくない。栄光を摑むためには、何をしなければならないのか》

菅根は息をこらして時平の次の言葉を待つ。

「法皇には健やかに在《おわ》したか」

「はい、いつも通り、お元気の御様子でした」

「来春には受戒を控えられて、このところ読経に明け暮れているとお伺いしたが」

「その通りでございますが、御学問にも精を出しておられますし、詩に歌に、それに地方の民俗行事にも殊の他御興味をお寄せになって、お調べになられていらっしゃいます」

菅根は不安から逃れようとするかのようにしゃべる。時平は菅根から、その時の状況をもっと聞き出そうと、話をし向けている。そうでなければ、左大臣が蔵人頭如きと世間話などすることはないのだ。

「おお、御学問は御熱心であらせられる。右大臣の御進講も依然続けられているようだしのう」

「御退位されてから、お時間が多くなられたせいでございましょう。御進講は以前にも増して行われているようにございます。あの日もちょうど御進講のため、あとから右大臣が参上致してございます」

そのこと自体は別に問題はない。法皇への道真の御進講は、法皇が帝位にお就きになられた直後から、ずっと続いているのだ。別に秘密にしなければならないことではなかった。しかし、菅根は迂闊であった。法皇と帝と道真が同席したということになれば話は別になる、ということに気付かなければならなかった。しかも、その会合が意図的に持たれたものだったとしたら……。

時平は、素知らぬ顔で聞いていたが、

「右大臣も職務多端の中をよくお務めなされる。法皇がちょうど我が子と同じくらいのお歳故、殊の他お気にかかられるのであろう。真実、あのお二人は君臣を離れて信頼で結ばれておいでじゃ。ああなければならぬ。のう、そうは思わぬか」

と言った。

菅根は、《おや》と思った。時平と道真の対立は、知らぬ者がいない政界の常識である。道真に対する法皇の厚き御信任がその原因であることも、誰もが知っている。それが、今の時平の言葉では、むしろそのことを讃美しているではないか。

二人が犬猿の仲であればこその、どう身を処すべきかの警戒心が、菅根の中でふと緩んだ時、時平が更に語を継いだ。

「大君も右大臣に師事しておられる。こちらは爺さまと孫であろうかのう、さぞ話も弾んだことであろう」

「嵯峨野の紅葉の風情に始まりまして、四方山《よもやま》話《ばなし》から詩、歌と話は多岐に亘りましたが、大君が右大臣に関白をと仰せられたりも致しておりました」

「ふむ、ふむ」

「勿論右大臣は言下にお断り申し上げてその話はそれで終わりましたが」

「それは面白いではないか」

菅根としては、先程の時平の言葉から、今まで先入観となっていた時平対道真の図式が実は聞くほど深刻なものではなかったのではないか、政策論争はあっても個人的には信頼関係が保たれていたのではないのだろうか、それに、結局関白の話はなかったことになったのだし、との思いがふと口を滑らせたのだ。

だが、どう考えてもこの不用意な発言を菅根にさせた根底には、先刻の時平の、参議昇進をちらつかせた言葉の呪縛が、強く働きかけていた。時平は、菅根の話を楽しんで聞いているふうを装っていたが、心中では熱いものがたぎっていた。《儒生如きが関白だと？》今までにも道真が目障りに思われたことはあった。特に、従三位中納言として全く同列に並んだ時は、追いつかれたという状況からしても焦った。

しかし今では首班は自分だという自負があったし、そういう気で見ると、強力な勢力の背景を持たない道真は、最終的にはそれほど脅威とする必要はないと思えてきたのである。《法皇の政治介入を断ち切りさえすれば、道真は無力である。法皇の影響力も大君の御成長と共に弱まっていくであろうし、勿論そのように積極的に事を仕向けていかねばならぬ。

そうすれば平和裡に天下は再び我が手で意のままになる。それももうそれほど遠い先のことではない》と思っていたのだが、もし道真が関白ということにでもなったら、事態は全く違ったものとなる。関白は帝と同等の大権を持ち、帝を代行するのである。《今回は道真が辞退したというが、法皇や大君から言い出されたこと故、いつその話が再燃しないとも限らぬ。私と政策が対立すればするほど、法皇としてはその思いが強くなるに違いない。あまり悠長に構えているわけにはいかぬ。事を急がねば》時平の頭の中に、道真追放が具体的日程として、はっきり計画されたのはこの時だった。

菅根がしきりにしゃべっていたが、それ以外には聞くほどの話もなかった。適当に相槌を打っていた時平は、

「そなたもせいぜい忠勤を励まれよ」

と言い残して立って行った。

菅根はひどく疲れていた。立ち上るのも億劫だし、思考もまとまらない。頭の中では『参議』の二文字が点滅している。時平から何かその保証になるような言葉が貰えないかと期待していたが、何もなかった。せめてそのための示唆でも欲しかったのだが、それもないままに去って行ってしまった。《あの謎のような話はなんだったのだろうか。ただ試されただけだったのだろうか》菅根としては悩むところである。

今まで菅根は道真の方を向いてきた。道真のお陰でここまでこられたのであるから、それは当然であったのだが、道真もこれから先の将来まで約束してくれるわけではない。ましてや参議を目指そうなどという大望を抱いては。《今後は左大臣に積極的に尽くしていかねば》そうすれば輝かしい将来がきっと待っている。《そうだ、左大臣はそのことを言っていたのだ。あれ以上口に出すわけにはいかないだろう。それぐらいの察しはつけなければ》そう思うと胸は膨らんで口許も緩んでくる。

菅根は道真が見込んで引き立てたほどの人物であるから優れた学者ではあったが、だからといって学者として道真の足許にも及ぶものではない。もう一つ大きく違っていた点は、菅根は経綸を語るほどの信念も持たず、自己の栄達しか眼中になかった点である。時平は既に、この男は真面目に仕事はするが、小心者で、利に靡く、と読んでいた。

五、陰謀

運命の年、年号も改まって、延喜元年（九〇一）正月七日、年初恒例の叙位が禁中において行われた。

この日、道真は時平と同時に従二位に叙せられた。儒林の出でここまで昇った者は、過去一人もいない。よく道真と比較される吉備真備《きびのまきび》は正二位まで昇ったが、彼は学者ではあったが、出自は地方豪族であって、学者の家柄ではない。言わば空前絶後の道真の立身に、京雀の噂はこの話でもちきりであった。

《これほどの出世を何としようぞ。位階ばかり上がっても、心なき者達の反感を募らせるばかり、私にとってそれが何になろうか》道真としてはむしろ法皇が恨めしい思いである。

腰をかがめ、笑顔を作って祝いに訪れる年賀客で、門前は埋め尽される日々が続いた。皆、口々に年賀に併せて昇進のお祝いを述べる。《この中に、本当に祝ってくれている人が、果たして何人いるのだろうか》法皇がどうあっても道真を時平と対等の地位にというお気持ちであることは重々分かる。しかし、道真は何故か位が上るにつれて、空しさを覚えてしようがないのだ。

年賀の客の賑わいは、時平の門前では更にひどかった。道真と位階こそ同じであっても、何と言ってもかつては摂関家を張った藤原一族の長者である。こちらの方には、皇族に連なる方々までも、御本人や使者が祝詞を述べに来訪している。毎年正月の風景ではあったが今年は特に多い。

そのような門前の喧噪をよそに、邸の奥まった一室に、時平は数人の男達を集めていた。そこは嘘のように静かである。集まっていたのは、

大納言　源光《みなもとのひかる》
参　議　藤原有実《ふじわらのありざね》
同　　　藤原有穂《ふじわらのありほ》

それに蔵人頭・藤原菅根が加えられている。菅根は時平からその自邸に招かれた時、《やはりあの時の左大臣の謎めいた御言葉はこういうことだったのだ。この運をしっかり

摑まなければ……》と、何のことかも分からぬままに勇躍馳せ参じたのである。そしてそこに集まったメンバーを見て、《この顔ぶれの中に私も入れられたのか》と、それだけで天にも昇る思いであった。

一応の挨拶が取り交されたあと、時平が一同を見渡して切り出した。

「これから私がお話し申し上げることは、聞かれたからには私の指示に従って頂かねばならぬが、よろしいかな。聞いたあとでの否やは許しませぬ。その点でもし御懸念がおありの方は、話を聞かぬうちに、今すぐこの座からお帰り頂きたい」

そう言って、ゆっくりと一人ひとりの目を見つめた。

この人達は日頃から時平に与《くみ》している人達であるから、勿論席を立つ者はいない。何のことか分からなくても、時平につき従うことに躊躇《ちゅうちょ》はなかった。それぞれが無言のまま目で承諾の意を伝えた。それを確認して時平が、

「蔵人頭、法皇の受戒会《じゅかいえ》は当月二十三日から七日間であったな」

と、末席にかしこまって座っている菅根に問う。御落飾された法皇は、東大寺戒壇院《かいだんいん》において受戒されることになっておいでだったのである。

受戒とは仏教に帰依《きえ》した人が、仏のいましめ、即ち戒律を受ける儀式である。又その場所を戒壇といい、戒壇を設けた堂宇を戒壇院という。戒壇は東大寺をはじめ、下野国《しもつけのくに》

（栃木県）の薬師寺、筑紫国（福岡県）の観世音寺に設けられ、これを天下の三戒壇と称した。

法皇御受戒に当たっての戒師は真言宗の祖・空海（弘法大師）の一の弟子と言われる名僧・益信《やくしん》（本覚大師）である。他に教授師、和尚及び立会する僧七名による七日間に亘る受戒会である。法皇は法諱《ほうき》（仏教名）を、開祖・空海の一字を贈られて空理と名付けられた。いかにも理智の人に応《ふさ》わしい御名である。こうして僧籍にお入りになられた法皇は、以後、仁和寺にお住いになられることになる。

法皇はそのことによって、更に仏教界との結びつきを強化することを許られたのであるが、時平もこの機会を逃さなかった。

「その通りでございます」

いきなり冒頭に問いかけられて、どぎまぎしながら菅根が答える。

「うむ」

深く頷いて時平は再び一同を見渡した後、

「本日お集まり願うたは、重大事件に対処するに当たって、我等の力を結集しなければならぬ故である」

と言った。一同が怪訝《けげん》な顔をするのに重ねて、

「重大事件と申すのは、極秘であるが、右大臣が今上《きんじょう》廃位を企んでいるとの情報を得た」

《謀叛《むほん》を？》《右大臣が？》あっけにとられている一同に、

「皆も既に承知のとおり、右大臣は日頃より法皇に好言を用いて取り入り、一介の儒者にすぎぬ身でありながら、この度従二位というかつて前例のない高位に昇った。それさえあるに、右大臣の野望は更に膨らみ、法皇が斉世《ときよ》親王を御幼少の頃より御寵愛なされていることにつけ込み、今上を廃し奉って斉世親王を皇位におつけ申さんと策謀を企てている」

「しかし、今上への御譲位は法皇御自身の御意志であると承っておりますが」

源光が言うのに対し、

「いかにも、法皇はそれが順当とお考えなされた。しかしそれが右大臣の野望にそぐわぬものであればこそ、右大臣としては何かなさねばならぬ」

「右大臣は何を得ようとしているのでしょうか」

「まだお分かりにならぬか。己れの娘衍子《えんし》は法皇の女御に、寧子《ねいし》は尚侍《しょうじ》として内裏に、倫子《りんし》は斉世親王の室にと、着々と手を打ってきた右大臣が、斉世親王の御即位を夢みるのは当然のことであろう」

「そうなれば」

「いかにも、うまくいけば、右大臣はその次の大君の外祖父ということにもなろう」

「しかし確たる証拠は？」

今度は藤原有穂が問うのに、

「何を申される。謀叛などというもの、動きが見えてからでは手遅れであろう。私の配下の者が探り出してきた情報である。間違いはない」

と一蹴した上で、

「右大臣は右大将を兼任しているのですぞ。右近衛府《うこのえふ》を動かすことにでもなればどうなされる」

と危機を煽《あお》る。右近衛府とは内裏をお護り申し上げる近衛兵である。

ここに集められているのは、全員が日頃から時平に媚び、取り入っている者達であるが、流石に話の重大さに俄《にわか》には納得しかねている。その様子を見てとった時平は、一段声を落して、

「右大臣は先ず手始めに、己れが関白にならんと企てている」

「何と」

「関白に？」

皆がざわめくのに、

「この企みは以前より法皇に対し奉って行われていた。私もそのことは摑んでいたが、先日大君が紅葉狩りに行幸なされし折に法皇と落ち合われ、その席に右大臣を召されて、大君御自身から内意をお伝えなされたのだ。まだお若い大君は、関白の何たるかも充分には御存じあるまい。ただ父・法皇の仰せのままになっておいでなのだ。その法皇も右大臣の甘言に乗せられておいでなのであろう」

「……」

「このことは蔵人頭も御随伴申し上げておって、聞いておる。そうであろう」

「はい。確かに大君から右大臣に関白をと仰せられました。しかし、右大臣はそれをはっきりとお断りになられましたが……」

菅根は左大臣に取り入りたいとは思っているが、道真の恩を忘れてしまったわけではない。つい道真をかばう発言をつけ加えたのだが、はたして時平は不気嫌に語気を荒らげて、

「蔵人頭、重職に任じられた折、再参御辞退申し上げるは一種の仕来《しき》たり、儀礼の内であろう。右大臣としては、今一度大君から御沙汰があればお受けする心底であろうぞ。それぐらいのこと、弁《わきま》えぬわけでもあるまい」

と一喝されて菅根は真っ青になった。

時平の権幕に、しんとなった座の空気に、いたたまれなくなったように源光が発言した。

「それで、左大臣はどう対処されるおつもりでしょうか」

「右大臣が関白に任ぜられたら、大君の御命運も道真殿の掌中に握られよう。まして我等如きの行く末など意のままとなりましょうぞ。そうなってしまえば、それもこれも関白の権限で行うこと故、謀叛ということさえかなわぬ道理。ことは急がねばならぬ」

「……」

「そこで私の計画を具体的に申し上げる。この月の二十三日より七日間、法皇におかれては東大寺戒壇院において受戒をなされる。この七日間は世俗と縁を断ち切っての御精進と相成る。又、この度は法皇の御希望により、右大臣が東大寺まで御随伴申し上げ、そこで法皇とお別れして、京に帰り着くのは、二十四日夕刻と相成っている。ここまでの予定は各位も承知しておろう。そこで、よいか、二十三日朝より朝議を開き、右大臣の謀反の罪に対する処罰を決議する」

「一日にして処罰が決しられましょうか?」

「処罰の内容は?」

「待て、先に手順の説明を済ませよう。決議を終えたら直ちに大君に奏上し、処罰の宣命を頂戴する。遅くとも二十四日、右大臣が戻るまでにお下し願わねばならぬ。そして二十五日に右大臣に宣命を告示する」

「大君が御承知なされましょうか」

「法皇の御意見を伺ったあとということになるのでは……」

「よい、よい、その説明も追ってするが、次に各位の働きについて申しておこう。太政官の各位は、朝議において積極的に右大臣の謀叛の証を申し立てて頂きたい。関白の件も然りだ。余の者達に疑問や逡巡の遑《いとま》を与えず、一気に処罰を決しなければならぬ。何しろ時間がないのだ。議決を終えたら直ちに私が大君を御説得申し上げ、宣命を頂戴する。宣命の起草文は、秘密保持のため、前夜に入ってから文章博士《もんじょうはかせ》に書かせる。次に蔵人頭だが、大君は必ず法皇の御承諾をお求めになられる。その時は、何分緊急のこと故、御承諾は東大寺へ御出立の直前に頂いたと申し上げるのだ」

「げっ……で、では、偽りを……」

先程から話の内容の物凄さに顔色をなくしていた菅根は、とんでもないことを言いつけられて喉から心臓が飛び出すほどに驚き、ついでガタガタと震えがでてきた。

「心配するな。そのあとは私が何とでもする。しかし、うまくやりおうせず、不首尾に終わった時は責任をとらねばならぬぞ」

「は、は、はい」

思えば、蔵人頭は、そもそもは帝と太政官の唯一の連絡機構なのだ。彼の口上一つで両者は結ばれ合っている。したがって最も信頼の置ける人物が選ばれてきた。菅根の場合は法皇と帝と太政官の連絡を行っているのだが、その信頼が問われることに差はない。時平はそれを逆手に取って事を決しようとしている。世上最高の背信行為を強要されて、菅根が震え上がるのも無理からぬことであろう。しかし、ここで否やを言えばこの計画は成り立たず、時平は別の、もっと過激な手段で道真を葬るであろう。そしてその時は菅根も同罪の憂き目に遇うことは間違いない。

退路がない菅根は、

「承知しました」

と返答するしかなかった。

時平は当然のことというような顔でそれを聞き、語を継いだ。

「さて、手順は以上の通りだが、大君の御署名は私が必ず頂戴する。各位も巷間《こうかん》噂されていることなど、今から聞き集めて充分に御準備願いたい。各位のお働きは、しっかりと見届けさせて頂きますぞ」

と凄みを効かせた上で、

「右大臣の処罰だが、ことは謀反であるから、概ね承和《じょうわ》の変の前例に従うこととする」

と言った。

承和の変とは、この時から六十年程前、即ち承和九年（八四二）に起きた謀反事件である。時の中納言・藤原良房によって主謀者とされた伴健岑《とものこわみね》、橘逸勢《たちばなのはやなり》なる二人は遠流《おんる》となったが、それに止まらず、累は皇太子にまで及んで廃嫡され、
大納言・藤原愛発《ふじわらのちかなり》は京外に放逐。

中納言・藤原吉野《ふじわらのよしの》は太宰員外帥《だざいのいんげのそち》に。

参議・文室秋津《ふんやのあきつ》は出雲員外守に。

左遷といっても事実上配流されている。この時も誰一人として謀反の確証はなく、ただ良房によって一方的に罪に問われ、弁明の機会も与えられずに刑が確定している。

　事件後、良房は大納言に進んで首班となり、太政官にはこの事件で良房に協力した者が顔を並べた。あまつさえ、空位となった皇太子に、良房の妹・順子《じゅんし》が仁明帝との間に設けた道康親王を擁立し奉った。結果から見ても、良房が自分より上位の者達を一掃して天下を掌握し、更に後々、史上初の、人臣による摂政という道への基を築いた、これこそ謀反の政治劇であった。

　この事件に倣《なら》ってことを処理する、という時平の言葉に、《すわ、事件は右大臣に止まらず、大君の御身辺にまで及ぶか》と一同首をすくめた。

事実、時平にとっての真の元凶は道真ではなく、法皇その人であった。しかし法皇は御自ら僧籍という二階にお昇りになったのである。あとは梯子を外しさえすれば済むことであった。したがって法皇に対しては一切何もしなかった。ただ蔵人頭を取り込んだだけであるが、道真と蔵人頭という二つのルートを断ちさえすれば、法皇と政治の縁は完全に切れることとなる。時平としてはそれで充分なのである。

「そこで右大臣だが」

と時平が話を次に進めた。

「右大臣の職をはじめ兼任しているすべての役職を解き、太宰権帥《だざいのごんのそち》に任ずることとする。但し、本来の権帥としての職務、給付はないものとする」

権帥とは帥《そち》（長官）に次ぐ地位、次官といった職制である。今でも神職の祢宜《ねぎ》に次ぐ神官を権祢宜《ごんねぎ》という。権帥とは本来は高い地位なのだが、仕事と給料は与えないというのであるから、事実上は流罪である。この処分については、初めに承和の変に倣うと聞かされているので、さほどの驚きはない。

「眷族《けんぞく》、縁者、学友、門下に至るまで、ことごとく追放・左遷しなければならぬ。子息ら主立った者達については既に処分を定めているが、余の者共については皆で洗い出して頂きたい。処分は私が決める」

道真の子息達への処分も発表するのだろうかと皆が時平の次の言葉を待ったが、時平はそれには口を噤《つぐ》んで、

「なお、二十三日までには十数日の日を残している。言うまでもないことながら、この件については一切口外してはならぬ。その用心のために、本日の会合も人数を絞りに絞っている。もし漏らしたる者は、謀反に加担したものとみなし、同罪となす故、くれぐれも言動には注意されたい。よろしいか」

そう言って時平は一座をじろりと見渡した。

堅い空気が静まり返って、身じろぎする者もいない。ふと気が付くと、既に夕色が漂い始めていて寒気が一層厳しくなってきている。さすがに時平邸門前の賑いもやや収まっていたが、それでもまだ次々と表敬に訪れる客らに紛れるように、一同はばらばらに辞し去って行った。

時平の指揮の下、道真放逐の策謀が事後処理も含めて極秘裡に着々と進められているうちに、一月二十日に法皇は奈良へ向けて御出発になられた。文事《ぶんじ》好みの法皇のこととて、途中詩宴を催したりしながらの優雅な旅である。それ故に道真をはじめとする少数の詩人・歌人達が特に御随伴申し上げていた。

そして二十三日、法皇を東大寺までお送り申し上げ、以後は寺院にお任せして臣下の者

共一同は退去した。その時道真は、ふと法皇護衛の衛士の数の多いのに気付いた。

「いずれの者達か」

と問うと、

「左近衛府の者にございます」

と言う。左近衛府は時平の所掌である。今回の護衛は左右の近衛府の混成部隊であるが、左近衛府の者達が異常に多かった。

その朝、既に内裏では朝議が始められていた。内裏の要所要所は物々しく武装した衛士で固められていて、人の出入りは厳しくチェックされていた。

清涼殿では一番上座に左大臣・藤原時平、そして帝の外祖父の大納言・藤原高藤《ふじわらのたかふじ》、同じく大納言・源光《みなもとのひかる》、中納言・藤原国経《ふじわらのくにつね》、同・源希《みなもとののぞむ》、以下参議が藤原有実《ふじわらのありざね》を筆頭に七名。合計十二名が居並ぶ。今早朝に朝議開催の通知を受けて、急ぎ参内した一同は、先日から謀議を繰り返してきた三人を除いて、皆何事ならんと不審そうな顔で、落ち着かぬ様子である。

時平が開会を宣したあとに切り出した。

「寒気厳しい中を急遽お集まりいただいたのは他でもない。既にお気付きのように、本日は右大臣は欠席であるが、事が右大臣自身に関わる問題であるため、出席を求めていないだけで、このまま朝議を行う。各位も右大臣について、とかくの噂を聞いておられようが、最近になって私の手の者が、右大臣謀叛の確証を摑んだ」

太政官一同も確かに道真を話題にしたことはある。しかし、それらは道真の異例な出世を妬み、やっかむ類のものであって、不愉快には思っていたが謀叛とは全く関係のない話ばかりであったから、皆怪訝《けげん》な顔をして聞いていた。

時平はそれから延々と法皇と道真、帝と道真、斉世親王、道真の娘達、それに関白の一件などについて熱弁をふるった。

そして最後に、

「先ず我が身が関白となり、次いで今上を廃し奉り、娘を室として入れている斉世親王に皇位を継がせようとする道真の奸計は、すべて明白となった」

と断言した。

それを受けて、時平から督励されている三人が次々と掻き集めてきた噂話に尾ひれをつけて、何とか道真に謀叛の企てありと結論づけようと発言する。そうすると、時平の覚えをめでたくしておきたい者達が誘発されて、負けじとばかりに更に語を継いで、あとには道真追放すべしの大合唱となったのである。太政官と言わず、政界官界にも同族・同志を持たない道真は哀れと言わなければならない。

頃合いを見計らった時平は、衆議をとりまとめるような形で道真に対する処分案を示し、その他の者達への処分の一任をとりつけると、昨夜のうちに用意しておいた宣命の案を読み上げた。

大意は、

「右大臣・菅原道真は、低い身分の家柄に生まれて、俄に大臣に取り立てられながら、己れの分を弁えず、覇権を握らんと企んで巧言をもって前上皇《さきのじょうこう》を欺き、大君の廃立を行って父子・兄弟の愛を破ろうとした。道真の言葉は、上辺は穏やかであるが、その心底は逆である。このことは天下皆の知るところであり、大臣の位にいるべき人物ではない。法に従って厳しく罰すべきであるが、特に思うところがあって右大臣その他の現職を免じ、新たに太宰権帥とする」

というものである。

ここではっきりと法皇を被害者として扱っているのは、やはり時平が法皇を敵に回しては手強い相手と実感し、敬遠策をとったものである。

評議が終わって後、朝議の場に御臨席された帝は、時平から道真断罪の議決と、それについての説明をお聞きになられて大変な驚きようであった。更に宣命への御署名を願われて、

「いやしくも右大臣は、学問においては我が師である。そのようなことが俄に信じられようか。又このような重大事を法皇は知っておいでなのか。もし御存じならば私にお話しなされるはずだ」

と仰せられた。

「何分にも事件が急展開致しております故、昨日急遽法皇のあとを追いまして、かろうじてお耳に入れ、御裁断を仰ぐことを得た次第でございます」

オブザーバーとして部屋の隅に控えていた蔵人頭・藤原菅根が必死の思いで申し上げる。

「問題が大きすぎる。法皇と直接協議した上でなければ断は下せぬ」

この時、帝はまだ十六歳であらせられた。何で決定が下せようか。しかし時平は容赦しない。

「問題が大きければこそ対応を急がねばなりませぬ。法皇の還御《かんぎょ》は数日先のこととなります。明日にも右大臣が戻りまして、兼ねております右大将の権限を振るい、右近衛府の者共に禁裡を抑えさせるようなことが起きましたら、私が率いる左近衛府の者共は大半が法皇の護衛に出向いております故、到底対抗することはできませぬ。その上、斉世親王の身柄も道真の手中に収められる事態になりましたら、大君の御位《みくらい》も危うく、我等は逆賊の汚名を着せられ、捕えられましょう。いつの場合でも、謀叛とはそうしたふうに、波風のない所に突如として行われるものです。又そうでなければ成功致しますまい。それを未然に防ぐには、先手を取って迅速に行動するしかありませぬ。何卒御決断を」

「しかしながら、私にはどうにも信じられぬのだ。右大臣が私を廃して斉世親王を立てるなど……。そのように私情に走る人物ではないはず……。ああ、そうだ、明日戻るのであれば右大臣と一度会わせてくれぬか、私が直接話をしてみたい」

「これは又、御聡明な大君らしくもない。謀叛の張本人とお会いになりたいなど。自ら火中に飛び込むようなものではございませぬか、そのようなこと、とてもおさせ申し上げるわけには参りませぬ」

お気の毒に、若い帝は途方に暮れた御様子で、黙り込んでしまわれた。

時平の弁舌も確証がないだけに、どうしても迫力に欠ける。同じ話の繰り返しで、いたずらに時が過ぎるばかりである。菅根は先程帝の問いにお答え申し上げた、自分の言葉を何度も反芻《はんすう》していた。《あれでよかったのだろうか。大君はお信じなされていないようだが、左大臣はどう評価されているだろうか》左大臣の評価が得られなければ、帝に嘘を申し上げるという大罪を犯した行為は報われない。《それにしても大君をだまし、大恩ある右大臣を裏切ってまで、私は何を求めようとしているのだろうか。人として許される行為ではない。私は今まで何を学んできたのだろうか》確かに菅根の行為は人倫の道を外れた卑劣な行為である。彼を弁護する必要は全くない。

しかし一方で、正論を吐き、正道を歩くだけではこの世は生きていけないことが、しばしばあるというのも現実である。この矛盾があるからこそ、心ある人は悩み、謙虚になる。自分の不正にさえ気付かず、あるいは口を拭って私は善意の塊でございますという善人ヅラをしている者ほど鼻持ちならぬものはない。菅根も真面目な学究である。しかも、仁を、徳を、信を、希求する儒学を志す者である。時平からこの役割りを言い渡されて以来、深刻に悩んできた。できることならこの世から消えてしまいたい、とさえ思った。

その果てに、時平の命令に従うことにしたのである。何故？　ここで右大臣に殉じて、共に謀叛の罪を着せられるのがどうしても怖かったのである。謀叛の罪は本人だけに止まらない。子、孫は勿論、少くとも男は一族にまで及ぶ。そう思うと、正義感だけに拠ることはできなかったのである。


夜に入ってから寒さはますます募ってくる。時平につき合わされた形の太政官一同は、寒さと空腹に倦み切っている。懐の温石《おんじゃく》を取り換えて、何とか寒さを凌いでいるものの、口にできるのは白湯《さゆ》だけである。禁裡は武装した衛士達によって外界と完全に遮断されていた。やがてどこからか一番鶏の声が聞こえた。未だ夜明けまでには多少の時間がある。しかし、時平はもう猶予はならぬと思った。道真の帰京が夕刻になるというのは、通常の旅程による行動予定にすぎない。あるはずはないとは思っていても、もし、この件が洩れて道真に通報され、夜道を駆けて急ぎ戻れば、朝のうちに帰着することも可能である。用心深い時平は、万一を慮《おもんばか》った。今まで帝と対座していた向きを、後に連らなる太政官一同の方へ変え、

「大君には我等太政官一同の奏上を、お信じ賜われぬ御様子であるが、御一同いかがなされる」

と、問うた。

今度は別の切り口から帝を追いつめようとの戦法である。これは最後の手として考えていたものであった。一同は俯いたまま無言である。中には帝をおいたわしいと、御同情申し上げた者もいたであろう。

その帝の御表情に動揺が走る。《そういう捉え方をされては困る。そうではないのだ》と叫びたいお気持ちであったに違いない。

時平は下座の方を向いていているから、その時の龍顔を拝してはいなかったが、充分計算の

うちである。しばらく無言の時が流れたあと、時平はゆっくりと帝の方へ体の向きを変え、改めて深く一礼した後、

「藤原時平、左大臣としての最後の存念を申し上げます」

と芝居がかった大仰《おおぎょう》さで切り出した。

「君主に殉ずるは臣下の道であります。臣《しん》・時平としては、そうあらねばならぬと心得ております。しかし、不肖時平が、若年にして左大臣の席を汚しております所以《ゆえん》は、藤原一族の頭領なるが故であります。しかによって、私は私一人の存念で一族に滅亡の道を歩ませることは許されませぬ。己れの信念を曲げてでも、一族の安泰を計らざるを得ない立場にございます。右大臣の謀叛により、座して逆賊の汚名に塗《まみ》れぬうちに大君のみ許を去り一族の主立った者共うち揃って、斉世親王の御許に参り、二心ないことを披瀝申し上げねばなりませぬ。時平の心底の苦衷、何卒御賢察賜わりますよう、伏してお願い申し上げます」

丁寧な言葉で、もっともらしい理屈は並べているが、要するにこれは恫喝である。

ここに至って帝は遂に万事休した。幼いといってよいほどお若い帝でも、藤原氏の実力のほどは御存知である。

「待て、左大臣」

もはや席を立たぬばかりの素振りを見せる時平に、帝が仰せられた。お気の毒にその玉音はかすれ、上ずっていた。

「念のため今一度問う。法皇は、父はこうせよと仰せられたのだな。間違いはないな」

これが帝としての精いっぱいだった。

「蔵人頭がはっきりと承って参っております」

時平がそう言った時、帝はがっくりと肩を落とされた。これですべてが終わったのである。道真の運命が決まった一瞬であった。夜が白白《しらじら》と明けかける頃であった。暁霜《ぎょうそう》厳しく、冷気は体の芯に達する朝だった。

五、陰謀

その日の夕刻、道真の一行は予定通り京へ帰った。短い冬の日は既に暮れていた。その闇の中で、禁裡の衛士達は息をひそめていた。非常時態勢の厳重な警護は、灯火もともさず密かに行われていた。警戒の範囲は道真邸に及んでいるのだが、誰もそれに気付かなかった。既に道真断罪の宣命は発せられて時平の手中にある。もはや道真は右大臣でも右大将でもない謀叛人として、監視の対象となっていた。

宣命が道真に告げられたのは、翌二十五日の朝であった。道真はいつも通りに登廟しようと服装を整えていた。今日は大君に拝謁して、法皇の供奉の御報告を申し上げなければならなかった。そこへ、

「勅使でございます」

と慌ただしく側の者が走り込んできて告げた。

「勅使？」

何のことか分からずに、おうむ返しに聞く。

「はい。大納言・藤原清貫《ふじわらのきよつら》様、中将・忠包《ただかね》様御両人がお見えでございます」

《はて、わざわざお使いを差し向けられなくとも、今日はこちらから参内仕ることは御存知のはずだが……》

「とにかく、座敷にお通し申し上げなさい」

「それが、もうお上りになってございます」

何と性急なことであろう。到着するや案内も待たずに座敷に通ったものらしい。

不審に思いながらも衣冠を正して、座敷へ急いだ。座敷の上座正面には、正使・清貫と副使・忠包の二人が、緊張した顔で牀机《しょうぎ》に腰かけている。道真は、清貫にとっては朝堂でいつも顔を合わせる上席者である。忠包にとっては、はるか手の届かぬ存在である。二人

共できることならこの任務は引き受けたくなかったであろう。

はるか下の座に道真が座った。

「お役目御苦労に存じます。御勅使の儀、慎んでお承り申し上げます」

「宣命である」

と宣言して、清貫は恭《うやうや》しく宣命を取り出し、押し頂いてから読み上げた。

朗々と読み上げる声を聞いても、道真にはしばらく宣命の内容が理解できなかった。

《謀叛人？……私が？……何故？……》政界には種々の陥穽《かんせい》があることはとうに承知している。史上、あるいは現実に目の前で、どれほど多くの人達が、無実を叫びながら罠にはまって消えていったことか。

異例の昇進を続けている間も、賞讃の世評の裏にある嫉妬、羨望には、殊の他注意を払ってきた。言葉を慎み、行いを正してきた。《私は先の大君や今上の御代こそよけれと努めてきただけだ。斉世親王にも尽したことは間違いない。しかしそれを以て謀叛の心ありと言われるのは、あまりではないか。大君がそのようなことをお思いになられるはずはない。私をうとましく思う者達、おそらくは左大臣の策謀であろう。大君にお会いして衷心を披瀝すれば、すべては氷解するはずだ》

それまで学問の師として、殆ど自由に帝の御前に伺候し、関白に、とまで言われた道真が、簡単にそう考えたのも無理はない。しかし、邸を出ようとした道真は、そこで衛士達に遮られた。

「邸を出ることはまかりならぬ」

そう言われたのである。謀叛人となれば当然のことであった。この次邸を出られるのは流謫《るたく》地へ向けて護送される時だけなのだ。その現実を思い知らされて、道真は初めて愕然とした。もう無実を訴える術さえ失われたのだ。罪人として刑に服する道しか残っていない。

しかし、道真はなお望みを捨てなかった。《法皇におすがりしよう。法皇には東大寺山門まで私自身がお伴したのだし、前後の時間から考えて、法皇はこのことを何も御存じないはずだ》法皇のお力できっとこの窮地からお救い頂けるに違いない。法皇とのこれまでの相互の信頼度から考えて、又つい数日前に従二位に叙されたばかりということもあって、そう信じるのは当然だった。《大君とは違い、自由人の法皇の下には、文ぐらいはお届けできるだろう》そう思った道真は即座に事態の概要を簡潔に書き記し、最後に一首認《したた》めた。

ながれゆく

われはみくずとなりはてぬ
君しがらみと
なりてとどめよ

だが、使いの者に書を託した時、道真は再び心臓が止まる思いをした。《法皇には今受戒の最中だった。あと四日間というものは、俗界との縁は断たれたままだった。何ということだ》思いもかけぬ災難の、あまりの衝撃に、さすがの道真もうっかり失念していたのだ。

東大寺の周辺は、山門と言わずどこと言わず、衛士達でがっちりと固められている。道真の使いの者は、寺僧か賄方《まかないかた》の者でもよいから出て来ぬかと、辛抱強く隙を窺っているが、門は閉じられたままで、一切の出入りが行われていない様子であった。

報らせを聞いた道真は焦った。太宰府への出立は三十日と決められている。もしこの事変を法皇にお報らせする機会が遅れたら、間に合わなくなる。時平としてはそれを狙って、法皇に人を近付けないように計るに違いない。道真家にとっては地獄のような毎日が始まった。そう、それは今、始まったばかりなのである。いつ果てるともなく……。

道真の正室は宣来子《のぶきこ》といった。道真より五歳下である。宣来子の父は島田忠臣という。道真の父・是善の友人であり門弟でもあるから、道真とは同門の相弟子ということになる。しかし、道真は幼い時からこの忠臣に師事しているという関係で、是善と忠臣は宣来子が生まれた時から将来は道真と宣来子を結婚させようと約束していた。

道真も又、宣来子が赤ん坊の時から、妹のようにあやし、一緒に遊んで育ったのである。それ以来五十年、文字通りの生涯の伴侶であった。今その二人が苛酷な運命によって引き裂かれようとしている。宣来子はもう泣いて泣いて泣き涸れていた。宣来子の悲しみはそれだけではない。子供達もそれぞれに遠流に等しい悲運に遇っているのだ。

長男・大学頭《だいがくのかみ》・高視《たかみ》は土佐介《とさのすけ》に

次男・式部丞《しきぶのじょう》・景行《かげつら》は駿河権介《するがごんのすけ》に

三男・右衛門尉《うえもんのじょう》・兼茂《かねしげ》は飛驒《ひだ》権掾《ごんのじょう》に

四男・文章得業生《もんじょうとくぎょうしょう》・淳茂《あつしげ》は播磨にと、それぞれ左遷された。

生真面目な学者の家に生れ育ち、慎ましい幸せに慣れ親しんできた宣来子は、道真が父祖を超えて高位・重職に昇進する度に、人の嫉みが災いしないかとそら恐ろしい思いがしてならなかったのだ。

二年前、彼女自身が従五位下に叙された時は、

「あなたの御出世さえ身に余ることなのに、私までこのような処遇に甘えては罰が当りましょう。なんとか御辞退申し上げて下さい」

と道真に懇願したほどである。宣来子の不安は不幸にも的中した。今、道真家は徹底的に粉砕され、一家離散の悲劇のどん底に突き落されてしまったのである。

泣きやつれて床に臥す妻の手を取って、道真はなんとか慰めたいとは思うのだが、口先だけの上手が言える性格ではない。

「心配するな、法皇がいらっしゃる。それほど永くせず戻って来る」

と言うのが精いっぱいである。ことが謀叛の罪だけに、そうはいかぬことぐらい宣来子にも分かっている。それでも道真は本気で言っているのだった。道真は法皇の卓越した政治力量をよく知っており、全幅の信頼を寄せていた。

しかし、その法皇のお力が道真あってのものだということを、道真自身は気付いていない。謙虚な性格がこの場合は災いして、自分を過小評価している。それに、法皇と帝とのパイプが時平によって断たれ、法皇が政治的に無力になっていることを、まだ道真は知らなかった。

朝日が昇り、すがすがしい朝を迎えた頃、東大寺では今しも七日間に亘る法皇の受戒会が無事終わり、正面の山門が開かれた。受戒に関わった僧以外の者達が初めて入門を許されるのである。法皇に供奉《ぐぶ》する近侍の官人、近衛の衛士達、舎人《とねり》等が次々と山門を入って行く。

本堂正面の階《きざはし》の下に輦《れん》が据えられ、少しお疲れの御様子の法皇がお姿を見せられた。一段一段と踏みしめるように降りて来られた法皇に、階の下でお履き物を整えていた舎人が、お履き物をお履きになる法皇のお体を支えるように自然な素振りで、そっと小さな紙片をお渡しした。何気なくそれをお受け取りになられた法皇は、そのまま輦にお乗りになり、多勢の僧侶に見送られて山門をお出になられた。門前で車にお乗り換えになり、一行は京へ向けて出発した。

ややあって、法皇はお手にされた紙片にお気付かれ、それをお開きになられた。《何と……》法皇のこめかみの血管が、みるみる膨れあがり、顔面が紅潮した。それは道真が法皇にあてた必死の思いの奏上文であった。では、あの舎人は？

道真の密使がうまく買収に成功したのだ。《道真を太宰府に流すなど……誰が……誰が考え出したのか。……なぜ私に相談もなく……敦仁（醍醐帝）はどうしたのだ。時平が仕組みおったか。私の不在を見計らったな。もう四日も過ぎているではないか。道真はもう発ったのか。急がねば》

「善《よし》ッ。善はおらぬか」

車の中から大声でお呼びなされたのは、今回の護衛の総指揮を任されている右近衛中将・源善《みなもとのよし》である。彼は道真に目をかけられていて、今回も比較的に小部隊であるのにかかわらず、道真の意向で中将の善が直々に指揮を執っていた。

「ははっ、これへおりまする」

「大事が出来した。急がねばならぬ。これより駆けて参れ」

源善の下知が飛び、にわかに慌ただしく全軍急ぎ足となる。車は大きく左右に揺れ、激しく跳ね上がりながら走る。

昼下がりには京に着いた。車は直ちに禁裡へと進む。朱雀大路を行くにつれ何やら警備の者達の数が増え、朱雀門の近くでは夥《おびただ》しい人数の衛士達が厳重な警戒網を敷いている。と、突然そのうちの一隊の者達が、バラバラと走り寄ってきて源善を取り囲み、拘束しようとした。

「何をする」

「太政官より布告《ふれ》が出ております。このまま御同道願います」

「私は法皇を無事お送り申し上げる役目を仰せ付けられている。法皇は内裏へ向かうと仰せられている故、それまではお供申さねばならぬ」

「貴方のお役目はここまでです。これよりは私共が代わってお供申し上げます」

「それは右近衛大将・菅原道真様の御指図か」

「右近衛大将は大納言・藤原定国様に代わっておられますれば、私共は定国様の下知《げぢ》に従っております」

「待て、何と不可解なことを申すやつらよ」

事情がさっぱり呑み込めぬ善は、とにかく止まったままの状態にいら立っておられるはずの法皇の許に行って、事の次第を説明した。

「まさかとは思っていたが、やはりそこまで事態は進んでいたか」

ここで初めて法皇は善に道真からの奏聞《そうもん》についてお話しになられた。事情を知らされて善は仰天したが、それでも何故自分が拘束されなければならないのかについては、全く理解できない。

しかし、事態が理解できないのは道真自身からしてそうであって、この時、道真に近い人、法皇に目をかけられていた人達は、有無を言わさず謀叛の罪をかぶせられて追放されたのである。時平にとっては乾坤一擲《けんこんいってき》のクーデターだったのである。やるからには徹底していた。


法皇はそこで車を腰與《たごし》にお乗り換えになり、従者に担がせて内裏へ急ごうとされた。と、もうすぐそこの朱雀門で衛士達に制止された。

「法皇のお通りである。道を開けろ」

先導していた近侍の者が叫ぶと、そこの責任者らしき者が腰をかがめて一礼したあと、

「どなた様もお通ししてはならぬと命じられております故、お引き取り願わしゅう存じます」

と丁重に言う。

「余の者はいざ知らず、法皇におわすぞ」

「なれど私共は例外については聞かされておりませぬ」

「では大君に取り次いで御沙汰を伺って参れ」

「私共は只管《ひたすら》上からの御指図に従うのが任務にございます」

押し問答を繰り返すばかりで、一向に埒《らち》があかぬ有様に、法皇もいらだっておられるが、如何ともし難い。と、そこへ大音声《だいおんじょう》のやりとりが聞こえたのか、藤原菅根が門の奥から姿を現した。

「おう、蔵人頭」

地獄に仏とばかり、思わず法皇が声を発せられた。蔵人頭こそ法皇と帝の間の連絡役である。これはよい所に、と法皇が御安堵なされたのも無理はない。

ところが、菅根は法皇の御前に手をついて平伏するや、

「申し上げます。大君にあらせられてはこの四日間、お部屋に閉じ籠られたまま、どなたにもお会いになりませぬ。私でさえ襖越しに玉音を拝するばかりでございます。何卒暫く日をおいて、改めて御参内賜わりますよう、お願い申し上げます」

と言う。

「何を申すか。緊急の用件じゃ。そのような悠長なことをしておれる場合ではないのだ。急ぎ案内せい」

と法皇が堪らず直々にお声を発せられたが、

「お許しを、お許しを」

と顔を地面にすりつけるように、何度も叩頭《こうとう》するや身をよじるようにしながら立ち上がり、更に一礼して逃げるように門内に走り去った。

「ええい、いまいましい、これはどういうことだ」

法皇は憤懣やる方なく、

「誰ぞ敦仁に取り次ぐまでここを動かぬぞ」

と朱雀門前に敷き物を広げさせて、どっかと座り込まれた。確かに大内裏の正門前に、法皇に座り込まれては不便この上ない。しかしそれでも中からは何の反応もない。

菅根は落ち着かなかった。虚言を以て帝を欺き奉り、虚構を以て道真を貶《けな》し、今又、虚辞を以て法皇を遮り申し上げた。己れの今日あるはこの三人のお陰であることは明白であり、重々承知もしている。それを裏切ったのだ。

今回の事件はすべて時平が仕組んだものではある。しかし、実行犯として自分も重要な役割を果たしたのだ。大恩ある人を欺いて。人間として最低の行いである。《何の門閥もない自分が生きていくためには仕方なかったのだ。いや、自分だけのためじゃない。妻子や一族の者達のためにも。他にどうしようもないではないか》彼が今まで学んできたすべてが否定する背信という卑劣な行為におののきながらも、開き直るしかなかった。それでも己れの所業に思い悩むだけ、菅根にはまだ人の心があったと言ってよい。

当時の学者は、多くが貴族の門閥に関わりのない所から学問によって身を起こし、官吏登用の数々の試験を通過して昇進していくのだが、それ以上になると、結局皇族・貴族の眼鏡に叶った者だけが重用されていくのである。だからどんなに秀れた学者であろうと、貴種に対しては幇間《たいこもち》的にならざるを得ない。このことは儒教国家の本家・中国でも同様であって、有名な詩人達でさえも、左遷をいかに恐れていたかが作品から読みとれる。道真のように、常に正論を貫いて最高の官位まで昇りつめる例は稀有のことであった。勿論それは道真の偉大さを物語るものであるが、それに加えて宇多帝という聡明な帝に巡り会い、しかも帝の親政実現への強い御意志と儒教を基とする徳政を目指す道真の思想が合致したことが大きな力となった。

さて、法皇は敷物の上にお座りになって朱雀門の奥の方をじっと睨みつけておられたが、衛士達が幾重にも門前を固めて対峙《たいじ》するばかりで、何の反応も起こらなかった。そのうち陽が沈みかけると急激に寒くなってきた。京は未だ夜になると冷え込む季節であったのだ。近侍の者達の説得で、法皇がしぶしぶお腰を上げられて、これから先お住まいになられる仁和寺へ向われたのは、もう辺りが暗くなり始める頃だった。

六、　都落ち

遂に道真が京を離れる日がきた。

法皇の前日のお働きを道真は知らないが、法皇に奏上文が手渡されたことは聞いていた。

《何か御沙汰があるはず》そう信じている道真は、今日出立という差し迫った気にはさらさらなれない。泣き沈む宣来子を、

「案ずるな」

と言って慰めながら、法皇からの使いを静かに待った。

邸内はひっそりしている。道真夫妻と側室が二人、それに子供達と若干の門弟、使用人ぐらいで、いつも邸内至る所で議論している多勢の門弟達の、元気のよい声は聞こえない。衛士に制せられて入れなかった者もいたであろうが、多くの人達は時平の目を恐れて近づかないのだ。現に、第二、第三の処分が続けて行われるであろうと専らの評判なのである。

朝未だ早いうちに、衛士から出立を促されていた。道真護送隊は、左衛門佐《さえもんのすけ》・藤原真興《さねおき》他衛士十名ほどであった。彼等としては、朝早く出立して、少しでも旅程を稼ぎたいとこ

ろである。

じっと座って待つ道真の許へ、法皇の使いの者が密かに訪れたのは、今の時刻にして午前九時位であった。彼は農民に姿を変え、ここの婢《おんな》の父親と称し、娘を迎えにきたと偽って、警護を通り抜けてきた、と言った。監視を避けて、極く少人数だけ奥の間に入った。使者は懐の奥から小さな紙片を取り出して、そっと道真の膝元へ差し出した。

大急ぎで紙片を取り上げ、捧げ持って拝するや、もどかし気に紙片を開いた道真の顔に、さっと血がのぼった。

東風《こち》吹かば
　にほひおこせよ梅《むめ》の花
あるじなしとて
　春な忘れそ

紙片にはそれだけで、他の文言は何一つ書かれていない。おそらく万一この文が時平の手に渡った時の難をお考えになられたのであろう。

道真は尋ねた。

「他に何か仰せではなかったか」

「体をいとうよう、と仰せでございました。法皇は大君にお会いすることが叶わなかったのです」

使者は昨日一日のことを詳しく語った。

《法皇のお力を以てしても如何ともし難いのだ》絶望の渕にすうっと沈み込む思いがした。ここに至って初めて流刑が現実のものとして認識された。《私は敗れたのだ》政争の醜さ、凄まじさは内外の歴史の中で多く見てきている。生存を賭けた戦いは力だけがものをいう。人間性・知性といったものは、そこでは何の役にも立たない。むしろ邪魔になるものだ。

宇多帝は時平との闘いで、幾度も勝利を収めてこられた。力において圧倒的に優勢な時平に対しては智略を以て対抗された。しかし、賤《いや》しい手を使われたことは一度もない。それに対して時平は卑劣な手段で反撃し、遂に覇権を手にして勝鬨をあげたのだ。

それでは覇者は安寧が得られるのだろうか。否《いな》。力で覇権を握った者は、その座を狙う無数の敵に、片時たりとも安閑としてはいられない。敵は必ずしも猛々しい姿で現れるものではない。笑顔と甘言で近づく者、財宝・珍品を献上する者、それらもすべて罠かもしれぬ。我が肉親・眷族にも心は許せない。哀れと言うべきではないだろうか。なり振り構わぬ争いに徹し切れずに敗れ去ることは、人間としては恥ずべきものではない。最低の倫理は守ってこそ人間である。

だが、それでも男としては、責められるだろう。庇護すべき者を守り切れないのでは、それは止むを得ないことなのだ。勝つも地獄、敗るるも地獄、それが闘争の世界だ。

地獄に堕ちたくない者は、誇りを捨てて長いものに巻かれて生きていくしかない。殆どの人間がそうやって生き延びているのだから、それほど恥と思い込むこともあるまい。いや、誇りと一緒に恥も捨てた方が気楽でよいだろう。人間としては程度が随分低くなるけど。《私は敗れたのではない。初めから時平殿と闘っているつもりなどなかったのだ》道真はそう思い直した。家族を守り切れなかった苛責がそうさせたのだ。確かにそれはその通り事実だった。道真には覇権を望む気など毛頭なかった。むしろ政治から遠ざかり、史書、歌集の編纂や後輩の指導などに専念することを願っていた。ただ、臣下として、帝や法皇の負託にお応えするのが尽すべき道と心得て励んできたにすぎない。

《神仏も御照覧あれ、私の心には一点の叛意もないものを》そう思った時、ハッとひらめくものがあった。《このお歌は、時を待てと仰せになっておられるのだ。西国に落ち行く私に、東からの沙汰を待て、と仰せなのだ。体をいとえという御言葉と併せて考えれば、なおさらそれがはっきりするではないか。今、直ちに無実が晴れないのは残念だが、そう遠くない将来に、きっと法皇が呼び戻して下さるに違いない》と又希望を取り戻すのだった。

又、真興が出立の催促にきた。あれからもう随分時間が経っている。真興としては気は遣っているのだ。

道真は筆を取って何かしたためた。そしてその紙片を庭の梅の枝に下げた。今の道真の境遇を象徴するかのように、つい先日まで咲き匂っていた梅の花は、今は散って枯れ木のように淋しい。《この枝に再び花が咲くように、私にもきっと春は巡ってくるはずだ》祈るような気持ちで丁寧に結びつけた。

東風吹かば
　にほひおこせよ梅の花
あるじなしとて
　春を忘るな

道真は居合わせた者達に、永いことではない、暫く時を待て、と言いたかった。しかし、警護の者達がそこここにいて、それを口に出すのは危険であった。法皇のお歌を、最後の所だけ変えて、強調して皆に示したのである。《意あらば通じるはず》そう思った。

最後の頼み、法皇のお力も及ばぬと分かっては、もはや躊躇する謂れはなかった。未練は際限ないが、いつまでも許されるものではない。道真は宣来子の手をとった。今生《こんじょう》の思いを込めて道真が、宣来子が、じっと互いの目を見つめる。宣来子は僅かこの数日で髪が真っ白になっていた。食事もろくにとっていないため、体も一回り小さくなっている。顔色も悪い。

「心配するな。必ず帰って来る。気を強く持って体を大事に……な」

「あなたも……御無事で……お帰りを」

慰め、励まし合う言葉も既に語り尽くしている。道真がどう慰めようと、宣来子には事態が絶望的であることは分かっていた。宣来子が生まれてこの方五十年。襁褓《むつき》の頃からいつも一緒にいた二人に、このような残酷な別れが待っていようと、誰が想像できただろうか。二人の頬を涙が滂沱《ぼうだ》として流れ落ちる。石像にでもなったように、二人は手を取り合ったまま長い間動かなかった。

「おおおお……」

側室をはじめ、侍女達が悲しみに嗚咽《おえつ》を洩らし始めたと思うと、その泣き声はさざ波のように広がり、たちまち、

「あ――っ」

と号泣へと変わって行った。皆が手を取り合い、肩を抱き合いながら悲歎に暮れている。男達も、あるいは俯向き、あるいは天を仰いで溢れ出る涙を必死に堪えようとしていた。

暫くの時が流れた。まだあちこちに、しゃくり上げる声が聞こえる中、道真は立ち上がった。遂に出立の時がきた。

付き従う者は厳重に制限されていた。原則としては認められないものであった。味酒安行《みさかのやすゆき》の他は、下働きの男衆・女衆が数人だけである。異例というべきは、その他に道真が側室との間に設けた幼な子二人が含まれていたことである。六歳の女児・紅姫と四歳の男児・隈若《くまわか》である。何故この幼い子等が一行に含まれたのか、理由は不明である。道真の血を引く者はすべてを容赦なく追放したものか、それにしては女子まで含まれているのが解《げ》せない。

太宰府までの遠い道程《みちのり》を、はたしてこのいたいけな二人が行き果《おお》せるのだろうか。又しても見送る人びとの涙を誘うのである。道真と子達は馬車に乗り、他は徒歩で京を後にした。護送の衛士達も隊長の藤原真興以外は皆徒歩《かち》である。途中通過する諸国には、道真一行に食事その他一切の便宜の提供を禁止する触れが出されていた。支給される粗末な食事飲料以外は、口にすることもできぬ厳しい旅である。

馬の歩みにつれて京は遠のいていく。振り返っても、早や京の山さえ見えなくなった。

山河《さんが》遙《はるかなり》矣《ゆく》随《にしたがいて》行《へだたる》隔 遠い道程を行くほどに京が遠去かる。

風景《ふうけい》黯然《あんぜんとして》在《みちに》路《あって》移《うつる》 道中の景色を眺めても心は暗い。

平《たひらに》到《たくしょに》謫所《いたれど》誰《だれか》與《しょくを》食《あたえむ》 無事に着いても食物はあるのだろうか。

生《いきて》及《しゅうふうに》秋風《およばば》定《さだめて》無《ころもなからむ》衣 秋ともなれば着物はあるのだろうか。

摂津国で護衛が交替した。左兵衛《さひょうえの》少尉《しょうじょう》・善友益友《よしとものますとも》という若者と衛士二名。それまでに比べて随分と警固が緩やかである。

出立後幾日もせずに、隈若が慣れない食物と水と疲れで下痢を起こし、ぐったりとなってしまった。護送隊は進行速度を随分と落としたのだが、それでも馬車は隈若をゆすり、はね上げて休ませない。紅姫とて似たような状態で、殆ど食欲を失っていた。道真自身も元来胃腸は丈夫でなく、夏でも時折温石《おんじゃく》で腹を温めることがあるほどであるから、無事なわけはない。護送隊の若者達は皆優しく、幼な子に気を遣ってゆるりゆるりと馬車を進め、休憩もふんだんにとるので、旅程は通常の半分程しか延びなかった。

京を発った頃は、山桜の花は未だ蕾で、葉が少し芽吹き始めた程度だった。それが南下するにつれ、山桜が開き、そして散り、こぶしが咲き、次いで南国の花・やぶ椿の真っ赤な花が春の盛りを告げ、目的地・太宰府に着いた時には、つくし野では、一足早い楠の若葉が浅緑に野山を染め分け、藤の花の紫が点々と鮮やかな色を添えている。それは既に初夏の風景である。春に北から南へ旅する者にとって、季節の移ろいは時間が圧縮されて、早送りで展開し、それだけになお一層、無常の儚《はかな》さが身に沁みて感じられるのである。

しかし、車上の道真達にとっては、感傷に浸っていられる状態ではなかった。いくらゆっくり進んでも、緩衝装置が全くない馬車で手入れもされていない野道を行くのである。馬車には乾し藁《わら》を厚く敷き、布団を重ねているのだが、車の揺れに安定しない体は、上下左右に翻弄《ほんろう》されながら運ばれてきたのである。それも一日二日のことではない。幼い姉弟は無論のこと、道真までも死んだようにぐったりしている。

馬車は先ず政庁へ向かった。そこで護送隊から政庁へ、道真一行の身柄の引き渡しが行われるのである。

政庁の官人から下働きの者達まで含めると、数千人の人口があったと言われる太宰府は、当時としては一大都会であった。馬車が都大路へ差しかかると、噂を聞きつけた人々が物珍らし気に集まってきて、変わった動物でも見るような目付きで、じろじろと見るのである。道真はその時の心境を、（吐き気がしそうだった）と詩に残している。

政庁側の最高責任者は、太宰権少弐《だざいごんのしょうに》・藤原興範《おきのり》といった。藤原氏の傍流ではあるが、永く筑前守を務める国司で、太宰権少弐を兼務するほどであるから、九州一円を統治する実力者であった。

太宰府政庁の官職は、上から順に、帥《そち》・大弐《だいに》・少弐《しょうに》となっていて、それぞれに権《ごん》（次席）の位がある。正官が不在の時は権がこれに代わることも多く、興範の場合は少弐も帥も空位であった。

意外なことは大弐に藤原菅根が任じられていたことである。これには道真も驚き、問うてみると、一月二十六日付、即ち道真が太宰権帥に貶せられた翌日付の発令だという。

「で、菅根殿はこの地に参られるのか」

菅根が裏切ったという真実を知らない道真にとって、目にかけてきた菅根が政庁の主責任者として来てくれれば、これほど心強いことはない。ただ当時は遙任《ようにん》といって、任命されても現地には赴任しない場合もあったので、聞いてみると、興範は答えて言った。

「いえ、こちらには参られませぬ。任命について、いちいちその理由の説明があるはずもございませぬが、伝え聞く所では、今回の貴方様の件で、法皇が大君にお会いになるため参内なされようとしたのをお取り次ぎしなかった責《せめ》として、太宰大弐に左遷されたとのことです。

この地に参ることはなく、京に在って謹慎中と聞いております」

朱雀門前での出来事は法皇の使者から聞いていた。菅根はひたすら法皇に謝っていたと聞いている。《それは……大君の仰せを忠実に守っただけであろうに……大君と法皇に挟まれて、それが役目とは言いながら、哀れな……やはり私が引き立てた者として、敵視されたのであろうか……それならば気の毒な……》道真にとって、帝がどういう経緯で宣命に御署名されたのかは謎であったが、菅根を疑う気は毛頭なかった。

道真はしきりに菅根を思いやったが、何と、当の菅根はこの時既に蔵人頭に返り咲いていたのである。そのことは太宰府には未だ通知が届いていなかったにすぎない。内裏へ入ることもならず、すごすごと引き揚げた法皇の面子を立てるために、時平は菅根を太宰大弐に貶《おと》したが、それは見せかけにすぎず、一ヶ月足らずのうちに又蔵人頭に復したのである。

一連の作戦を計算し尽していた時平は、蔵人頭不在のこの短い期間の中で、妹・穏子《おんし》を女御として入内させた。穏子は後には皇后となるのだが、時平はこのことによって帝と閨閥を結ぶことにやっと成功したのだ。蔵人頭という連絡係が空席で、法皇が何の情報も得られず、干渉もできない状況下でこそ、すんなりとこれだけのことをなし得たのである。時平はこのチャンスを捉えて一気に多くのものを得ることに成功した。大臣は彼一人であり、台閣は時平の意のままに操ることができる。そこで決定されたことは帝も覆すわけにはいかない。最大の政敵・法皇は封じ込めてしまった。帝との閨閥もできた。

道真の左遷について、予め法皇の御了解を得ていた、というのが嘘であることは、そのうちに帝のお耳にも達した。帝は大変御立腹なされたが、今更どうにもなるものではなかった。これから先の時平との長い関わり合いを考えると、時平を退けることができない以上、事を荒立てても何の益にもなりはしない。結局、怒りは胸に納められたが、帝は決して時平をお赦しになることはなく、その後時平は生涯昇進することはなかった。

太宰権少弐・藤原興範は道真に極めて同情的であった。それは護送隊の者達の態度にも見受けられたことであるが、道真の人格・識見を尊敬している者は結構多かったのである。ただ、他人の目や告げ口を恐れて言動に表せないでいるのだ。その点、さすがに実力者興範はかなり露《あらわ》に好意を示した。この後、彼は道真の処遇の改善を再三朝廷に具申している。それでも地方官にすぎぬ興範が、道真にしてあげられることはあまりなかった。朝廷からの禁令はそれほど厳しかったのである。

道真は再び馬車に乗り、与えられた館へと向かった。先程の群集は既に散っていて、道真はほっと胸をなでおろした。

政庁を振り返ると、楼門の彼方に、新羅《しらぎ》の侵冦に備えて造られた山城、大野城・四王寺山が、天然の防壁となって東西に横たわり、その稜線を東にたどった鬼門（東北）の方角には、嘉麻戸《かまど》山がどっしりと聳えている。この山には太宰府を災厄から護る竃門《かまど》神社が山頂に安置され、その麓には竃門山寺が造営されていた。竃門神社は遣唐使たちが航海の安全を祈った神社として、又竃門山寺は唐に留学した最澄《さいちょう》が、やはり渡航の無事を祈って薬師仏四体を彫った寺ということで、道真もよく知っていた。

それらの歴史のある風景を、感慨深く眺めていて、ふと気が付くと、いつしか馬車は都郭を東へと進んでいる。《はて、館は右郭の十条一坊と聞いていたが》と不審に思う。右郭の十条一坊と言えば、都郭の中央部であるはずで、政庁からは朱雀大路をまっすぐ南へ行くべきである。

衛士に尋《たず》ねると、

「途中に川があり、橋が架けられていないので、まっすぐには行けませぬ」

と言う。

政庁と館の間には、三笠川という幅二、三十メートル位の川が東から西に流れていて、都郭を南北に分断している。北側は四王寺山の裾野が南へ向かって緩やかに下って三笠川に至っている。住環境としては優れた地形であるが、平地は狭く、広い所でもその幅は七百メートル位しかない。政庁をはじめ観世音寺、戒壇院、学校院その他の公施設はもとより、官人達の住居もこの地域にあった。一方、三笠川の南側一帯は、南東から北上して接近してくる鷺田《さぎた》川との合流点に近く、両河川に挟まれたこの辺りは無数の条溝が絡み合っていて、少しまとまった雨が降る度に河道が変わり氾濫して水浸しになる低湿地帯であった。条坊とは名ばかりで、北岸の政庁側の都風の殷賑《いんしん》とは裏腹に、南側は潅木や葦が茂るにまかせた荒涼たる原野である。今のように河川の堤防が整備されていない昔は、平野部の河川は大雨の度に河道が定まらぬため、橋の架けようがない。谷川ではそういうことが起らないので、五条辺りまで川を遡《さかのぼ》って、やっと橋を渡ることができたのである。

橋を渡って再び川沿いを西へ戻る。道さえ定かでない湿潤な荒れ野の中を、ぬかるみに車をとられ、馬車は左右に激しく揺れながら、やっとの思いで進む。

道真はいよいよ気が滅入っていた。《流刑とはいえ、太宰府ならばまだ多少は雅びの雰囲気ぐらいは漂っていよう》と心の片隅に思う気があった。何しろ萬葉歌人の太宰府における活躍は、未だに語り継がれている。《それがどうだ。この荒れ地の中では、詩を吟ずるどころか、夏場は蛙との合唱であろう、つくしは蛮地《ばんち》とは聞き及んでいたが、これほどひどいとは……》

　先導の衛士が止まり、馬車が止まった。館に着いたらしい。首を伸ばしてのぞいてみると、枯れた蔓草《つるくさ》に覆われた雑木や潅木の茂みの中に、何に使われていたのか、古い館が蒼然と建っている。萱葺《かやぶき》の屋根は、苔はおろか雑草さえ生え茂り、壁もあちこち崩れ落ちている。《承和の変の折、今の私と同じように太宰員外帥《だざいのいんげのそち》に貶《おと》された、藤原吉野《ふじわらのよしの》が蟄居《ちっきょ》させられていた館ではあるまいか》と一瞬、道真は思ったが、それからはもう六十年が経っている。《まさか、放置されて狐狸の栖《すみか》となった家が、それほどもつはずがない》と思い直す。

　承和の変をもう一度振り返ってみよう。これも不可解な事件であった。

嵯峨《さが》天皇は三十八歳のお若さで、「無事無為にして琴書を翫《もてあそ》ぶ」優雅な生活にあこがれ、位を異母弟・大伴親王（淳和天皇）に譲られた。淳和天皇は兄に感謝して、後に位を嵯峨上皇の御子・正良親王（仁明天皇）に譲られた。つまり、兄弟が我が子がありながら、お互いに皇位を譲りあわれたのである。

このことは、当時盛んに導入された儒教の精神に則ったものであった。後世、天台宗の高僧・慈円《じえん》は、その書『愚管抄』の中で、このことを、「すこぶるそのおもむきおわしける、とぞ申し伝えて侍れ《はべ》」と讃えており、又、南北朝時代に、後醍醐天皇に仕えて功のあった武将・北畠親房《きたばたけちかふさ》は、その著作『神皇正統記《じんのうしょうとうき》』において、「末代までの美談にや、昔、仁徳《にんとく》兄弟相い譲り給いし後には聞かざりし事也」と書き伝えている。

即位した仁明天皇は、父達に倣い、我が子道康親王を抑えて淳和天皇の御子・恒貞親王を皇太子にお立てになった。ここまでは全く絵に描いたような美談で推移してきたのであるが、ここで異変が起きた。

事件は非常に分かりにくい話であるが、この皇太子にお仕えする帯刀舎人《たてわきとねり》・伴健岑《とものこわみね》、その友の但馬権守・橘逸勢《たちばなのはやなり》らが、皇太子を擁して挙兵を企てているという疑いである。挙兵の理由は、道康親王の母が藤原順子《じゅんし》であるところから、藤原氏によって皇太子の座が道康親王へと取り上げられるのではないかと健岑らが恐れてのことだ、というのである。

もしこれが事実なら、健岑らの取り越し苦労という気がするし、又挙兵は行きすぎとしても、皇太子をお護りすることが謀反というのも分からない話である。それよりも、舎人と言えば決してその身分は高いとは言えない。政官界に対する影響力もない。但馬権守というのも地方官にすぎない。しかも遙任と見られるので、実際には仕事もしない閑職である。こういう身分、職階の者達が中心になって謀反を企てるとは到底考えられないことである。

これは、藤原一流の政権奪取のやり口である。風のない所に敢えて波を起こし、政敵を一挙に屠《ほふ》り去って政権を一手に掌握するのである。いつまでも皇室の美談につき合わされていたのでは、御親政が続くばかりである。氏族間の抗争に、ほぼ決着をつけた藤原氏としては、最後は政権を帝の手から取り上げることを目指さなければならない。それも道鏡のように皇位を狙うのは、愚かな成り上がり者の考えることである。藤原氏の祖・鎌足が中大兄皇子（天智天皇）を奉じてのし上がって以来、藤原氏は一貫して皇室を表看板に押し立ててきているのだ。

藤原良房としては、伴健岑、橘逸勢といった雑魚を捕えても何の意味もない。ここで注目しなければならないのは「伴」「橘」というこの両名の氏姓である。彼等を糸口として、最後に残った豪族の、伴（旧大伴）、橘両氏の残党を掃討するのが第一の目的である。第二には、太政官として良房より上席にあった者や、良房になびかぬ者達を追放した。その中の一人、藤原吉野が太宰員外帥《だざいのいんげのそち》に貶《おと》しめられたのである。そして、良房の最終目的として、皇太子を廃して道康親王を皇太子にした。何のことはない。伴健岑らの心配は取り越し苦労ではなく、現実になったのである。しかも健岑ら自身がその動機に利用されたのだから、何とも悪どいやり方である。

　それから六十年。全く同じ手口で、今度は良房の孫・時平によって、道真は太宰府へ流された。

　今、道真が息を呑んで立ちすくむ朽ちかけた館こそ、道真が直感したとおり、その昔、吉野が幽閉された館だった。それなりに大きな建物で、朽ち果てぬ程度に補修はしていたのであろう。それでも道真が住むに際しては、何一つ手を入れた形跡はない。

　疲れ果てた馬が、最後の力を振り絞って、屋敷内によろよろと馬車を引き入れた。道真が馬車から降りた。踏めばじわっと水が滲み出る緩んだ土に、思わず足をとられてよろめく。子供達にとっても初めての、辛い旅だった。二人共馬車から降りる元気もない。

　衛士の頭と見られる者が、安行にそっと囁いた。

「居宅の修理は、太政官より特に厳しく禁じられております故、この有様です」

　いかにも申しわけない、といった思いの困惑顔である。

七、太宰府の日々

安行達は忙しかった。先ず道真を縁側まで手引きし、子供達を抱いて馬車から縁側に移すと、荷物を下さなければならない。それが済むと、すぐ食事の仕度にかかる。ところが竈の修理からしなければならないことが分かった。何度も大水に浸ったのであろう。竈が使い物にならなかった。燃料の薪も集めなければならない。それに井戸が土砂で埋まってしまっているではないか。これはもう、今日のところは川から水を汲んでこなければとても間に合わない。食器その他の炊事道具、それに米などの食材は支給されていたが、もう間もない夕刻までにはあまりにも多い作業量である。

それでも、少くとも子供達には、ひもじい思いをさせるわけにはいかない。安行達が各人の仕事の割り振りと手順を決めていると、

「もうし……」

と表の方で人の声がする。若い女性の声である《はて?》と訝《いぶか》りながら安行が出てみると、確かに若い女性が供を連れて訪ねてきている。

「御挨拶はあとでさせて頂きます。差し出がましゅうございますが、飯《いい》を炊《かし》いで持って参りました。とりあえずこれを」

と言って振り返ると、若者が大きな飯櫃《めしびつ》を抱えてきて上り框《がまち》の所へ置いた。もう一人若い女性が従《つ》いてきていて、おかずを入れた平たい桶を持ってきた。

彼女達の後には、質素な造りではあるが、御簾《みす》を下げた牛車が止まっている。いずれ名のある身分に違いない。

「いずれの御方の姫君にございましょうか」

不審に思った安行が問う。道真一行に対しては、食事を初め一切の便宜を計ることが厳禁されている。この館への出入りも監視されているはずなのに、何の検閲もなく牛車を乗り入れられたのは何故だろう。衛士達が馳け寄って来る気配もない。

「御挨拶が遅れました。私はあさくらの朝鞍寺《ちょうあんじ》に縁《ゆかり》のある者で、西葉《さえ》と申します」

女性はそう名乗った。

「して、これは?」

安行が持参の品の方に目をやると、

「前《さき》の右大臣様の御一行が、本日入府されることは洩れ承っておりました。この館が荒れ果てていることも存じておりました。到着早々の食事の仕度は、さぞや大変なことと思いまして、粗末なものですが準備して参った次第でございます」

「これはこれは、正直申しまして、差し当たっての夕食をいかが致したものかと、途方に暮れていたところでした。先生にお取り次ぎ致します故、しばらくお待ち下さい」

そう言って安行は奥へ姿を消したが、待つほどのこともなく、西葉は道真のいる部屋に案内された。

その時、道真は長旅の疲れで、子供達と一緒に横になって仮眠していたところを起こされたのだが、西葉を見るなり本当に目の覚める思いがした。都には美しい女性は多かった。それに比べても何ら遜色《そんしょく》のない西葉である。ただ違うのは、京の女性の切れ長の目と違って、西葉は丸くはっきりした目をしていた。それはいかにも南国的な明るい印象で、そのせいか、薄暗い部屋が急に明るくなった思いがするほどであった。

「西葉と申します」

安行に紹介された後、西葉はそう言って挨拶した。

「どのように書くのですか」

いかにも学者らしく道真が文字を聞く。

「東西の西に木の葉の葉と書きます」

「西に葉……なかなか風情のあるよいお名です」

これが、西葉がこの館に現れた最初だった。

安行達は、夕食の準備だけは免がれたものの、床の上に大量に堆積した泥やほこりを取り除き、川から何度も水を汲んできては拭き上げる作業が続いていた。西葉の好意で、彼女の付き人達にも手伝ってもらっていたが、安行は先程の疑問をその若者に聞いてみた。

「西葉様はここへ入るのに何故衛士達にとがめられなかったのだろう」

「あの方はこの辺り、そう、あさくらから那の津にかけては有名なお方なのです。というか……有名なだけではなくて、大変尊敬されておられるお方なのです」

若者は我がことのように、誇らし気にそう言った。

「それはどういうわけで?」

「わけですか? そうですね、いろいろありますが、一つは朝鞍寺が天智の御代に敕許によって造営された、格式の高いお寺ということがあります。歴史も古いですし」

西葉のお供に選ばれるだけあって、頭の良さそうな、はきはき物を言う若者だった。

「それから、代々のご住職がとても人々の苦しみを救って下さったのです。凶作の年には寺領田でとれた米を、惜しみなく放出されますし、そのためにだけ普段から米を貯えてもいます。雨乞いもされます。病で苦しんでいる人のために祈禱もされます。それも頼まれなくても、自分から進んでされるのです」

「それが百年以上も昔から続いているのですね」

「そうです。あさくらでは、もうなくてはならないお寺です。それから西葉様ご自身はとても学者です。西葉様には男のご兄弟がいないので、おとう様が学問を西葉様に教えられたのです。ところが、ご住職にはたくさんのお弟子がいたのですが、西葉様にかなうほどおできになる方はいなかったそうです」

「ほう、それは……」

「それで、ご住職が亡くなられてから、西葉様に教えを乞う人もいたらしいのですが、西葉様はそれを全部お断わりになって、女にだけ和歌の手ほどきをされています。太宰府の官人の妻女や女官達がお弟子になっています」

「なるほど、それで……」

「西葉様が誰からも尊敬されるのは、身分の高い人達だけでなく、和歌を習いたいという人なら誰でも……まあ女だけですけど……丁寧に教えられるからなんです」

それで衛士達は西葉のすることは、見て見ぬふりをしていたのだ。西葉も又、食料は乗用の牛車の中に密かに隠してくるなど、衛士達の面目を潰さないように気を配っているのである。

先程から起きていた紅姫は、もうすっかり西葉になついている。隈若も目を覚ましてはいるのだが、まだぐったりしている。道真はそんな隈若を膝の上に抱きかかえて、時々心配そうに顔をのぞき込んでいた。

やがて食事が運ばれてきた。久しぶりに家の中で頂く食事である。それを機に、西葉は帰るという。

「今からでは夜道になるでしょう。部屋はたくさんありますし、お陰で寝られるように綺麗になっております」

と安行が引き止めたが、

「今夜は政庁に泊まることになっております」

西葉はそう言った。

あさくらから太宰府までは約三十キロメートルほどで、大体一日の行程である。したがって、和歌の勉強に来る時は少くとも二泊はしなければならない。それでいつも政庁の方で宿泊の準備をしてくれるのだという。

「明日《あす》は家の修理や、外まわりの整理に何人か来ることになっております」

そう言って西葉は政庁に向かった。

地獄で仏とはこのことである。太宰府政庁は太政官からの厳しい通達のため、気持ちはあっても手を差しのべることができないでいる。西葉の好意がなかったら、道真親子の命運はこの時に尽きていたかも知れない。

ゴーン。鐘の音が聞こえた。観世音寺の鐘に違いない。この鐘は京都・妙心寺の鐘と兄弟鐘と言われ、日本最古の梵鐘と考えられている。そのことを思い出させられて、道真はまたしても京を懐かしみ、宣来子を想うのであった。

翌る日は朝から数人の男女の若者が来て、屋根、壁、床の破れをふさぎ、竈を修理し、敷地内を整備した。テキパキとした仕事ぶりで、最少限度の工事ではあるが、当面の薪まで準備して、小ざっぱりとなった。なかの一人が安行に、

「政庁のお立ち場もありますから、他目《はため》にはできるだけ目立たぬようにと、西葉様から言いつかっておりますので、この程度のことしかできませんが、お許し下さい」

と言って引き揚げて行った。

西葉が再び顔を見せたのは二日後の早朝だった。もう仕事にかかっていた安行に、

「今日はあさくらに帰ります」

と言い、先ず子供達の様子を見に行った。二人共まだ寝ていた。そのあどけない顔を眺めていると、西葉は思わず涙が溢れてきた。母親の庇護がなければならない年頃である。母の温もりがさぞ恋しかろう。大人の事情でこのような運命を背負わされて、可愛想に、と思うと涙が止まらないのである。かなり長い時間、西葉はそうしていた。供の女から、

道真が起きたと、そっと耳打ちされてその部屋を出た。

道真は久しぶりにゆっくり寝たので気分は大変よかったが、まだ疲労の色は濃く残っていた。この時道真は五十六歳である。一夜にして元気を回復するというわけにはいかない。

道真も朝食の前に、足音を忍ばせて子供達の様子を見に行った。部屋に入ると、そこには西葉の残した香の薫《こう》りが、まだこもっていた。ふっと、京の自宅にいるような、そこに宣来子がいるような、そんな錯覚を起こしそうになった。熟睡している子供達の寝顔を見た安らぎと、会うことも叶わぬ妻を思い出したやるせなさに、「ふう」と一息ついて自分の部屋に戻った。

朝食が終わるのを見計らって、西葉が挨拶に来た。心を込めて感謝の言葉を述べる道真に、西葉は、

「そのような些細なことにお心をお留め下さいましては、却って恐縮致します。この度のこと、先生はじめ御一統の皆様にとられまして大変な御不幸でございました。そのことは重々承知の上で不躾なことを申し上げますが、辺地に住む私共にとりまして、扶桑第一の碩学であられる先生から、こうしてお傍近くで親しく御言葉を賜わるなど、夢のような出来事でございます。それは私一人ではありませぬ。宰府政庁の官人達も、できることなら一度なりと先生の教えを乞いたいと、内心では思っている人が多いのです。ただ、そう

でない人もおりますから、迂闊《うかつ》なことはできないでいるのです」

「人は心が大事です。そのように思ってくれるだけでも有難いことです」

道真はそう言ってから、

「ところで、あなたは政庁の女性達に和歌の指導をしているそうだが、筑紫と言えば萬葉の昔から和歌の盛んな所、今でも変わってはいないのですね」

「そう申し上げたいのですが、それも昔、今では歌の道もすっかりすたれまして、殿方で歌をお詠みになる方はいらっしゃいませぬ。もののあわれを知る何人かの女性が、時折集まって、自作を披露し合う程度のものでございます」

「はて、京では今だに歌は大層盛んなのに……歌会なども催されないのですか」

「大伴旅人《おおとものたびと》、山上憶良《やまのうえのおくら》といったような、雅び心をお持ちの帥や大弐がいらした頃はよかったのでしょうけど、今はもう萬葉の情緒も、すっかり褪《あ》せてしまっております。それに近頃は、皆様、専ら蓄財の方がお忙しいご様子で……」

西葉はそれ以上語らなかったが、道真には理解できた。

当時、外国貿易は国家の専権であった。港も那ノ津（博多港）だけが開かれていて、外国商船はすべてここに入港した。船が入ると、先ず太宰府の担当者が荷を改め、表にまとめて太政官に報告する。太政官は政府で購入するものを決めてそれを太宰府に通知し、政府が買い上げない物が初めて一般に流通するという手順を踏む。このため、入港してから商いが終るまで、一ヶ月も二ヶ月もかかる。その間、外国の商人達は那ノ津の鴻臚館に宿泊していた。

ところが、この取り引きの手順というのは、建て前にすぎなかった。都から遠く離れた太宰府で、太政官への報告書にどの品物を記載するかは思いのままである。したがって実際には、太宰府のトップが欲しい物を先に取って莫大な利益をあげていた。

それればかりではない。有力な寺院・神社は、競って港に末寺・末社を建立し、外国商人と結託してこれに接岸させ、直接取り引きによって暴利を享受していた。有力寺社は税吏・役人の立ち入りを許さぬ特権を持っていたので、これを取り締まることはできなかったのである。

このような事態を政府の高官が知らないわけではないのだが、彼等自身が異国の珍品を手に入れようと、八方手を尽している有様であるから、言ってみれば、権力者達が寄ってたかって我欲を満たしている浅ましい状態であった。

醜い現実を思い起こして、道真がしらけ切った気分になった時、丁度紅姫が起きてきた。

「お早ようございます」

と行儀よく両手をついて、道真と西葉に挨拶した紅姫は、未だ気だるい様子で、道真の横に座りこむなり、その膝に寄りかかった。

「隈若はまだ寝ているのか」

と道真が優しく問う。

「はい、まだ休んでおります。寝言でお母さまを呼んでおりました」

「……そうか……」《哀れな……》

道真の胸がまた熱くなる。

紅姫はまだ食欲が出ないようである。置かれた食事の用意を見むこうともしない。

「紅姫様、さ、お食事ですよ。召し上がらないと体に毒ですよ」

西葉がそう言って紅姫を招いた。言われてやっと道真の膝から離れた紅姫が食卓に向かう。あまりの元気のなさに、座るのを手伝おうと紅姫の体に手を添えた西葉が、

「あら、少しお熱があるような……」

と言って紅姫の額に手を当て、

「少しお熱がありますね。お召し上がりたくなかったら、粥《かゆ》を作って差し上げますから、お休みになっていてよいですよ」

と言って炊事場へ行った。

紅姫は、また道真の膝に戻る。道真は先程も紅姫の体にさわったのだが、子供の体は熱

いものだと決め込んでいて、微熱に気付かなかったのである。《矢っ張り母親でなければ子供を育てるのは難しいか》憮然《ぶぜん》として道真はそんなことを考えていた。

供の者に粥を作らせているらしく、西葉はすぐに戻ってきて、

「お子達の御様子が心配です。お疲れと申しましても尋常ではございませぬ。私、これよりあさくらに戻りまして、薬草やら体によい物を持って参ります」

と言って館を出た。

空は晴れ渡っている。陽がやや昇ってから道真は庭に出てみた。風がここちよい。辺りは葦や薄《すすき》が背高く茂っていて、山しか見えないが、風に揺れる薄の葉陰に、キラキラと輝くものがある。《おや？》と思って目をこらして見ると、政庁の高楼の甍《いらか》が朝日に輝いているのだった。先日は大回りしてきたが、直線距離では七百メートル程度の近さである。

安行は忙しかった。あと二月《ふたつき》程で梅雨に入る。大雨が降ればこの辺りは水浸しになることが、安行には分かっていた。それまでには何としても屋敷周りに排水溝を掘っておかなければならない。大工事である。薪も貯えておかなければならない。西葉が派遣してくれている若者達と一緒に、男衆は全員で差し当たりの梅雨対策である。

それに安行にはもう一つ計画があった。川魚を獲って貯えておくことである。蛋白源として必要なものだった。今のところまだ川の流れは少ない。淀んだ所でも膝まで位しかな

い。夏になると水かさが増えて、とても魚を捕えることはできない。今のうちに魚を獲って、焙《あぶ》って日干しにして蓄えておくのである。体力の要る土木工事は若者達に任せて、安行はこの後毎日魚獲りに励むこととなった。

中一日おいて西葉が戻ってきた。米、豆などと共に薬草を持ってきていた。薬草といっても本格的なものはまだ日本では使われていなかった。ナズナ、ナンテン、ネヅミモチ、タンポポ、マタタビといったものの葉や樹皮を陰干しにしたもので、疲労回復・滋養強壮に効果があるものばかりである。それを時間をかけてじっくりと煎じなければならない。

紅姫も隈若も、寝ついてこそいないが元気がない。西葉が語りかけても、返ってくる返事は力がなく小さな声である。それでも西葉は、この子達の気持ちを引き立たせようと、綺麗な布で作ったお手玉や、小川で拾い集めた小石のおはじきなどを持って来ていて、子供達もこれには打ち興じるようになった。《このような時には、男は役に立たぬものよ》苦笑いしながら道真は、それでも子供達の遊ぶ姿を、嬉しそうに眺めている。

しばらく子供達の相手になっていた西葉が言った。

「本当は子供は子供同士が一番なのですが、いかがでございましょう。お二人がもう少しお元気になられたら、あさくらで私がお預かり申し上げるのは。あちらには元気な子供達も多勢おります」

「おう、それはよいかも知れぬ。あなたが付いていてくれたら、二人も淋しがらぬかもしれませぬな」《隈若はまだ四歳。学問を教える前に先ず健康な体づくりが第一。京に戻るまでの暫らくの月日は、都では味あえぬ大自然の中で、浩然の気を養っておいた方が人間が大きくなるだろう》思えば道真自身は幼い頃から勉学に打ち込み、常に人より抜きん出て、先頭を走ってきた。学問好きの道真にとって、それは全く苦しい道ではなかったが、学問とは、幼い頃は親の期待に、成人後は帝の恩徳に報いるためのものであった。《何か、息せき切って走り続けていたような》花鳥風月も、詩を作り歌を詠むために眺めてきたのではなかったか、本当に自然の美しさに無心で感動したことがあっただろうか。今こうしてすべてから遮断されてみると、何かほっとするところもある。

しかし、学者の立場で今という時代を歴史の一コマとして考えるためには、隠棲していてはならない。時代の流れの真っ只中に身を置いて、つぶさに歴史の真実の観察を続けなければならないのだ。道真が、帝の思《あぼ》し召しとはいえ、苦手とする政治に真剣に取り組んできたのは、その学者としての自覚が大いに預かってのことだった。

政治家、学者、詩人という、いろいろな面で矛盾する才能を要求されながら、そのどの分野でも他の追随を許さなかった道真だが、隈若には少し違った生き方を考えてもよいと思った。《この逆境を生かして、隈若には自然を満喫させておこう》そう思うと何となく明るい気分になってくるから不思議だ。ただ宣来子への思いは絶えることなく胸を締めつける。

ふと、我に返った道真が、西葉に聞いた。

「あさくらといえばその昔、斉明《さいめい》の大君が百済《くだら》救援の軍を興された折に、橘広庭宮《たちばなのひろにわのみや》を造営され、不幸にしてそこで崩御された所」

「さすがに先生はよく御存じでいらっしゃいます。その斉明の大君亡きあと、天智《てんぢ》の大君が、亡き母君の御魂《みたま》を鎮め参らせるため、筑紫尼寺を建立されました」

「はて、天智の大君は、母君の菩提を弔い奉るために、太宰府に観世音寺の造営を発願《ほつがん》されているはず」

「その通りでございます。いろいろ経緯は伝えられておりますが、斉明の大君にお仕えしていた女官達が、大君に殉じて尼になりたいと天智の大君に嘆願して、ゆかりの地に尼寺を開いたもので、観世音寺よりは遥かに早く造営されております」

「それは女官達から発起されたのですね」

「そうです」

「それなら分かります。なるほど、それでこちらは尼寺であったわけですね」

「後年、この尼僧達が亡くなられてしまってから、筑紫尼寺は朝鞍寺《ちょうあんじ》となって営まれるようになったのです」

「先日あなたは朝鞍寺ゆかりの者とおっしゃったが、そのお寺なのですね。朝鞍寺は尼寺ではないのですね？」

「はい。私の家系も斉明の大君にお仕えしていて、百済救援の際に随行して筑紫に下ってきたのですが、大君亡きあと出家して、この地に止まったのだそうでございます」

「それも斉明の大君の徳をお慕い申し上げてのことでしょうか」

「その通りでございましょうけど、それだけではないようです」

「それは？」

「私の祖先は斉明の大君に重く用いられていたのだそうですが、それだけに、大君亡きあとは、皇太子・中大兄皇子《なかのおおえおうじ》（後の天智天皇）の側近・中臣鎌足《なかおみのかまたり》等にとりまして、目障りでございましたでしょう。斉明の大君に重用された人達の中には、京にお戻りになられなかった人も多かったと伝えられています」

「政権が変わった時にはよくあることですね。それであなたの家系が朝鞍寺をお継ぎになったのですね？」

「はい。それ以来代々僧侶になっておりましたので、筑紫尼寺の後継ぎが絶えた時に、跡を継いで長鞍寺に衣替えしたのです」

「では今はあなたが？」

「はい。父が亡くなりましてからは……。男兄弟がおりませぬので。でも、私は尼僧ではございませぬ。有髪のまま、お世話だけさせて頂いております故、しかるべき僧侶がお引き受け下さいましたら、私の役目も終わることになります」

地方の小さな寺の話ではあるが、往古の政治の中枢にも触れるところがあり、学者の好奇心を煽られて、道真は熱心に質問する。


四月の終わり頃から降り出した雨は、五月に入って毎日のように降り続いていた。梅雨である。旧暦の五月であるから五月雨《さみだれ》とも言う。湿気が多いというような生易しいものではなかった。水そのものが炊事場や土間に流れ込んでくる。あらかじめ掘ってあった排水溝では水位がまだ高すぎるらしい。見かねた西葉が又若者達を連れてきて、排水溝をずっと下流の方まで延長して、やっと浸水の状態だけは改善された。

そんなある日、宣来子から便りが届いた。都を出立してから三ヶ月も経っている。細々と最近の身辺のことが記されている。道真の自邸は代々学問所を開いていただけに、相当に広い敷地を有していた。それを誰彼に貸しているらしい。あまり広いと手入れも行き届かず、不用心でもあるからと書いてあった。確かに、打ち続く凶作や酷税の取り立てで逃亡する農民が増え、その中には盗賊となって都へ流入する者も多かった。いつの世でも食を求めて人びとは都会に集まるのである。《女ばかりで、さぞ心細い限りだろう。可哀想に……。待っておれ、今暫らく、ほどなく戻るぞ》

便りは検閲を見越してか、日常の出来事を淡々と書いているのみである。《本当に書きたいことは山ほどあるだろうに》今、目の前に宣来子がいたら、手を取り、肩を抱いて慰めてやりたい。

《それにしても、もう既に三月《みつき》が経つというに、法皇からの御沙汰がないのはどうしたことか、法皇と大君がお会いになられたら、私の無実はたちどころに判明するはず。東風《こち》はまだ吹かぬか。それともお二人がお会いになるのを、時平殿が遮っているのか。ああ、何ともじれったいことよ》

最初は、それほど日をおかず法皇から内々の御沙汰があって、太宰府にいるのは精々半年かそれ位であろうと思っていた。

それが三月《みつき》を経てなお何の報らせもないとは。法皇の御性格から考えると、あまりにも長い。自分に対する法皇の御信頼が揺らぐ、ということは道真は全く考えなかったし、それはあり得ないことだった。ただ、道真は事件後も法皇が政の主導権を握っておられるものと思い込んでいた。それは無理からぬことではある。法皇は権力をより以上に確固たるものにされるために仏門に入られたのであるから、以前にも増して強力安泰になっておられるはずであった。

ところが道真の誤謬は、自分自身の存在をあまりにも過小評価していた点にあったのだ。平安時代であろうと、平成の御代《みよ》であろうと、官僚の権力の強さに変わりはない。政治家がいかに政策の実現を計っても、官僚の協力なくしては政治は動かない。その官僚の力は行政機構を掌握していればこそのものである。時平は一族で行政機構の要所をほぼ独占している。それに対して、そういったものを殆ど持たない道真は、自分には政治的パワーはないと思っていた。確かに道真は太政官としては孤立していた。政策立案・遂行に際して、無力感に陥ったことが数え切れぬほどあったのは事実である。それでも、孤立する道真は偉大な独立案であったのである。官僚群と対峙して堂々と拮抗《きっこう》していた。道真あってこそ法皇は政を主導してこられたのであった。

今、道真を失った法皇は、全く無力の存在となっている。その自分自身の偉大さに、道真は全く気付いていないのである。それは道真の謙虚な性格の故であって、致し方ないのであるが、独り苦しまなければならない結果となっている。この頃から道真の焦燥は深まっていった。

梅雨が明けた。今度はうだるような暑さである。湿地帯の夏は熱気と湿気で、通常人でさえ体調が崩れ、食欲も失う。太宰府到着以来、長旅の疲れからやや立ち直ったかに見えた隈若が、梅雨に入ってから又元気をなくしていた。そこに暑さが追い打ちをかける。下痢が続き、食欲も殆どない。

西葉は熱心に看病に当たった。といってもこれといってすることがあるわけではない。これほど下痢が続いている時は、かえって滋養になる物は食べさせられない。重湯《おもゆ》を飲ませる程度のことしかできない。それと水分の補充が欠かせない。西葉は薬湯の種類を選び、それを薄目に作って、道真の供の女に要領を教えていた。自然と西葉が館にいる時間は長くなる。そんな時間を、できるだけ道真の話を聞き、知識を吸収するために使うよう心掛けているようだった。

ある日、

「先生、祈禱師を頼みましょう」

と西葉が言った。

「政庁に聞いてみなければなりますまい。あの人達が困るようなことになっては……」

「勿論お話しはしますが、あまり正式の話にしますと、結論が出るのに日にちがかかります。隈若様の今の容態は悠長なことをしている余裕はありませぬ」

そう言って西葉は、供の者をどこかへ使いに出した。医者という者がいない時代である。病人に取り付いた悪霊を、祈禱によって退散させることしか病気治療の方法はなかった。薬湯が効いたのか、祈禱の効果か、隈若の容態はやや持ち直し、その後は一進一退を繰り返した。

しかし、この館の湿度の高い環境は、隈若のみならず他の人達の健康も蝕んでいった。紅姫は比較的に食欲もあるので、当面心配する状態ではないが、やはり元気がない。道真は生来の胃腸の弱さに加えて、皮膚病に悩まされていた。頑健な体に恵まれた安行は異常はなかったが、その安行が、

「西葉様、お熱があるのではありませぬか?」

と西葉の顔を見て聞いた。

「いえ、私は大丈夫です」

西葉は否定したが、顔が上気したように赤味がさし、目も潤んでいる。それは一層西葉

の美しさを際立たせていたが、あまりにも美しい、透き通るような肌は、それがある病による場合があることを、道真も安行も知っていた。今でいう肺結核である。そう思って見ると、軽い咳をすることも多い。このところ西葉は政庁への行き帰りの他にも、ちょくちょく館へきている。それが原因で疲れが溜まっているのではないか、と道真は思った。

「お陰で隈若の容態も小康を得ております。暫く体を休めて下さい」

と奨めたが、西葉は一向に気にかけるふうはなく、

「それより先生にお教え頂きたいことがあるのですが、よろしいでしょうか」

と聞く。

「はて、何なりと、私に分かることでしたら……」

「以前、話に出ました橘広庭宮のことでございますが」

「おお、そのことで？」

「斉明の大君は、百済救援の出陣の折、一旦那ノ津の盤瀬《いわせ》に行宮を営まれながら、そのあとすぐに、あさくらにお移りになられています。誰が考えても用兵には那ノ津が最も適しているはず、何故にあさくらのように離れた所にお移り遊ばされたのか、そこの所は何も伝えられておりませぬ。つくしでは誰に問うても、しかと答えられる者がおりませぬ。もし先生が御存知なら、お教え願いたいのですが」

「うーむ、そのことは……すべて闇に葬られて、歴史には残されていない故、今では知る者はおりますまい。西葉様もこのことは知らぬ方がよいでしょう」

「では先生は御存知なのですね」

「私の家は代々学者です。世間には公にされていないことでも、口伝《くでん》されていることがいくつもあります。それは、歴史の真実をいつか明かさなければならない時がくるかもしれないからです」

「ということは、それがあからさまになっては都合の悪い人がいるということですか」

「まあ、そういう場合もあります」

「でも、もう斉明の大君の時代から何百年も経っております」

「その通りです。しかし、まだその時期ではありませぬ」

「先達《せんだつ》てお話し申しましたように、私の家系は、斉明の大君の御霊《みたま》をお祀り申し上げてきた家です。その大君に関わる大事があるのでしたら、それを知らずに御霊《みたま》を鎮め参らせることができますでしょうか。今まではそれを知る術もございませずに参りましたが、こうしてそれを御存じの先生にお会いできましたのも、斉明の大君の御霊をはじめ私の父祖のお導きでございましょう。先生、お願いです。決して口外は致しませぬ故、どうかお聞かせ下さい」

「そう言われると……いやこのことをお話ししても私が困ることになるわけではないのです。が、あなたが知っているということを、ある筋に覚られた場合、あなたに害が及んではと心配しているのです」

「決して口外は致しませぬ。又、万一ということが起こりましても、先生をお恨み申し上げたりは致しませぬ」

「よろしい。お話ししましょう。あなたの立場としては、知っておいた方がよいでしょう。先ず、斉明の大君が政務をお執りになったという、橘広庭宮の名称の由来は御存じですか？」

「はい存じております。斉明の御代より更に百年程前、やはり百済の救援に力を尽くされた欽明《きんめい》の大君の御名・天国排開広庭尊《あめのくにおしひらきひろにわのみこと》に因《ちな》んで名付けられたと聞いております」

「よく御存じです。それでは話しましょう」

西葉がずっと不思議に思っていた、謎の扉が開かれようとしている。熱っぽくて少し気だるかったことも忘れて、道真の顔を注視していた。道真としても京では到底口に出せない話ではあるけど、ここでは当の西葉と、道真の内弟子として生涯をかけている安行がいるだけなので、気軽に話はできる。

「これは藤原氏の出自《しゅつじ》に関わる事件なのです。歴史の表に出てこないのはそのためです」

西葉と安行は息を呑む。藤原氏と言えば、今や一氏独裁と言ってよい一大勢力である。藤原氏がその気になれば、帝さえ更迭できるのである。その藤原氏の出自の暗い陰とは？権力に闘争はつきものであるが、隠された闇をいま見ようとしているのだ。

「斉明の大君が重祚《じゅうそ》であることは知っていますね。最初は舒明《じょめい》の大君崩御《ほうぎょ》の際に、時の権力者・蘇我蝦夷《そがのえみし》、入鹿《いるか》父子に擁されて皇后が即位して皇極《こうぎょく》の大君となられました。その時の経緯は直接の関わりがない故省きましょう。とにかく、その頃の権力者は蘇我氏だったのです。

その後、皇極の大君は当然蘇我氏と組んで政を行い、蘇我氏の全盛期が続きます。この辺りのことは知っていると思いますが、話の順序としてもう少し続けます。

その頃、権力の座からははるかに遠い所にいた、中臣鎌子《なかとみのかまこ》（後の藤原鎌足《かまたり》）は、家門を興こす遠大な計画を立てます。彼は皇族に盛んに接近を試みたのです。ずば抜けた才覚で、皇極の大君の弟であられる軽皇子《かるおおじ》や大君の御子・中大兄皇子《なかのおおえのおおじ》に取り入ります。特に中大兄皇子とは親密になり、蘇我氏の専横を封じるためこれを討つことを勧めます。

皇子はそれを受けて、蝦夷と入鹿を討ちます。しかも、入鹿は大君も御臨席の公《おおやけ》の場で、皇子御自身が討たれたのです。驚いた大君が『何をする』と仰せられたのに、皇子はただ一言『皇室のためにならぬ者です』と言われたそうです。いかに皇子とはいえ、このような無茶をして何の咎《とが》めもなかったということは、蘇我氏の専横も目に余るものがあったのでしょう。

頭領を失った蘇我氏は急速に勢力を弱め、政権の基盤を失った大君は、我が子・中大兄皇子に不信を抱いて、弟の軽皇子に譲位されます。ところがこの方は短命で、在位九年で崩御されました。上皇となっておられた皇極の大君は、皇太子・中大兄皇子を差し置いて、強引に重祚して斉明の大君となられたのです。どうしても中大兄皇子には皇位をお渡しになりたくなかったのでしょう。しかし、当然のことながら皇子は大変御不満であったろうと推察できます。又、鎌足にとっても、皇子の御即位が遅れることは大変な不利益だったでしょう。ここまでが事件の背景です」

道真は一息ついた。

西葉が椀に薬湯を注いできて、道真に差し出した。西葉は隈若だけでなく、紅姫にも道真にも、それぞれに合わせて薬草を調合していて、いつも欠かさぬようにしていた。道真も又、苦い薬湯を嫌がらずに常用していた。

「これからが事件の本論です。

斉明の大君がつくしに出陣された時には、中大兄皇子も勿論随行して那ノ津に参りました。鎌足は今では皇子の指導役として、影が形に添うように皇子に密着していて、この時皇子にある重大な献策をします。

皇子はその策を受け入れて、八幡大菩薩・波戸《はと》崎宮《ぎさぐう》において大がかりな必勝祈願を行います。

その時神がかりとなった巫子が、『吾《われ》は神功皇后である。この度の出陣の本営は、広庭《ひろにわ》の尊《みこと》(欽明天皇)が百済救援の本営とした、あさくらに置くがよいぞ。彼の地は、皇御祖《すめみおや》の御縁《ゆかり》深い所である』と御託宣を告げたのです。神功皇后は波戸崎宮の御祭神で、ここから新羅《しらぎ》に出兵したと伝えられています。これは勿論、鎌足が打った芝居なのですが、驚いた大君は御託宣に従って盤瀬《いわせ》の行宮から急遽あさくらに本営を造営して移られたのです。この時は大変急がれたので建築用材が間に合わず、近くの朝倉社という神社の神域の木を伐採して間に合わせたのだそうです」

再び道真が語を止めた。

安行も西葉も聞き入っていたが、少々もの足りない風情である。

「それで鎌足は本営をあさくらに移して、どうするつもりだったのですか」

安行が尋ねた。

「斉明の大君は広庭宮にお移りになられましたが、皇子をはじめ殆どの者達は、盤瀬の行宮に止まっていました。広庭宮の造営が急であったため、手狭であったということもあったでしょう。大君は僅かな手勢を率いて、あさくらに行かれたのです。

ところが、それから僅か二月ばかりの後に大君は崩御遊ばされました。実情は皇位を纂奪するために、鎌足の命を受けた刺客が大君を弑し奉ったのです。このような非道を密かに行うためには、どうしても人目の少ない場所に大君をお移しする必要があったのです。鎌足の筋書きの目的はこれで終わりましたが、最終章はもう一つありました。その刺客というのは、広庭宮造営の責任者でしたが、用心深い鎌足は更にその者も処刑してしまいます。処刑の理由というのが、広庭宮造営のために朝倉社の木を伐採したことが、神の怒りを買って、神罰によって大君が急逝された、というもので、これで大君崩御の真相を知る者はいなくなったのです」

「子として、又臣下としてあるまじき行いと言わなければなりませぬが、皇子は御承知の上だったのでしょうか」

今度は西葉が問うた。

「しかとは分かりませせぬが、そうではなかろうかと思われる点はあります。皇子は広庭宮の近くに木の丸殿という仮小屋を建てて、そこで喪に服されたのですが、何と、その期間が僅か十二日間にすぎませんでした。一日を以て一月《ひとつき》となす、ということだそうです。

確かに戦陣ではあります。半年後に百済への出陣を控えて多忙であったでしょう。しかし、敵が攻め込んできたというような差し迫った状況ではないはずです。母の死を悲しむ子の行いとしては異常に冷たい気がします。実情を知らぬ世間では、皇子（後の天智天皇）が亡き母の大君の菩提を弔い奉るために、観世音寺の建立を発願されたことで、その孝心を称えたと言います。これも鎌足が描いた人心収攬策の一つです。その証拠に、この観世音寺造営は、天智の御代十年間は遅々として進まず、やっと完成を見たのは実に八十五年後のことなのです。白村江での敗戦の後、防衛のために多額の国費を費やしたことではありましょうけど、真心さえあれば、何もそれほどの大寺を建立することもなかったでしょう」

西葉がため息まじりに言った。

「今を盛りの藤原氏が世に出るには、そのような血塗られた事件があったのですね」

「普通、政敵を倒すには、自らが表に出て立ち働き、その功を誇示して政権の座に就くのが常道ですが、鎌足は徹底して裏に隠れて大兄皇子を自在に操っているところが、何か暗闇の物凄さを感じさせます。こうして鎌足は覇権を握り、中臣の姓を藤原に改めて隆盛の礎を築いたのです」

道真はこの話を、父・是善から伝承していた。鎌足の考え方・やり方は、目的のためには手段を選ばぬ冷酷無情なものである。子をそそのかして、その母を殺害させる。このやり方は道真には到底許すことのできないものであるが、あくまで歴史上の出来事として認識していた。

しかし、時が移り人が替わっても、それは藤原の血の中に脈々として流れ続けていたのである。今度は現実に、時平が道真追放のために、宇多・醍醐父子の間を欺瞞によって割き、覇権を我が物とした。道真はそのことを知らないのだ。安行と西葉は、互いの顔を見合ってしばらくは驚いていた。《歴史の中では何故か見えない所や、符合しない所には、どうもどす黒い何かがあるようだ》二人はそんな思いをしていた。

「それでは朝鞍寺も観世音寺と同様の目論みで建てられたのでしょうか」

西葉が問う。もしそうならば、真心を込めてお祀り申し上げてきた父祖にあまりにもむごい話ではないか、という気がする。

「いや、それは違うのではないでしょうか。私も知らなかったほど、その造営についての記録も残されていないということは、朝鞍寺の建立を政治に利用するつもりはなかったとしか思えませせぬ。先程のあなたのお話でも、女官達の懇請によって造られたということですから、これは鎌足との関係はないと思われます。それに観世音寺と違って、こちらは直ちに造営されたわけですから、天智の大君の贖罪のお気持ちと受けとって間違いないでしょう」

道真の説明を聞いて、西葉はホッとした様子である。

「これで一通りお話ししたのですが、私はやはり西葉様の身の安全が気になります。藤原氏としては、かつての賎しい身分の中臣氏時代のことは消し去って、藤原氏は千古の昔からの貴族であるように振舞いたいでしょう。そのためにこそ姓まで変えたのでしょう。まして、藤原氏草創期のこの忌まわしい事件などなかったこととしているものを、知っている者がいるだけでも生かしておきたくないと思うでしょう。絶対に、素振りにも出しませぬように」

「有難うございます。充分注意致します」

永年の謎が解けて西葉は満足していた。

「先生は左近の桜、右近の橘の由来を御存じでしょうか」

「はて?……」

急に、しかも妙な質問をされて、道真がとまどっている様子を見て、西葉の目が笑っている。

「先程のお礼にお教え申し上げましょう。斉明の大君が行宮となされました広庭宮は、地元では政所《まんどころ》と呼ばれていて、今もなお地名となって残っております。その政所から南面して左手一帯に左近衛の衛士達が屯《たむろ》しておりましたが、そこの地名が桜井という所でした。同様に、右手側に右近衛の隊が陣しておりました所が、橘田という地名なのです。今でもそうです。それ以来、誰言うとなく左近の桜、右近の橘というのが定着したのだそうです」

「そうですか、面白い話ですね。それは知りませんでした」

歴史にまつわる話なら、些細なことでも吸収しようとする道真だった。そういう話をしている時は悲しさ辛さを忘れることができるのだ。西葉はそのことを察知していた。

八、　生死の離別

小康を保っていた隈若の容態が再び悪化したのは、もう立秋間近かという頃だった。暦の上ではそうでも実状はまだ真夏そのものである。この時期は常の者でも夏の疲れが最高に達する頃である。この半年位の間に体力を殆ど使い果たしていた小さな命は、最後はあっけなくその灯を消した。

「お母さま……」

と、殆ど聞きとれぬほどの声でつぶやいて息を引き取ったのだ。

《すまぬ……可哀想に……隈若……その小さな体で、よく頑張った。さぞ悲しかったであろう。淋しかったであろう。母が恋しかったであろうに……》権力の闘争、争乱によって、どれだけの親が、子が、妻が泣いてきたことであろうか、そんな話は歴史を顧みれば、いくらでも見ることができる。

しかし現実に、いたいけな我が子がその悲劇に見舞われると、やり切れない悲しみが突き上げてきて、何故だ！　と叫びたくなる。寝言以外には、母を呼ぶことさえ必死に我慢していた健気《けなげ》さを思い起こすと、道真は泣けて泣けてどうしようもない。遺体に覆いかぶさって泣いている紅姫の背をさすりながら、痩せて、又小さくなった隈若の掌《てのひら》を、いつまでも、いつまでも握り、さすっていた。

宵は静かに濃くなっていた。つい先程まで逝く夏を再びと焦るかのように、蟬が鳴いていた庭に、奏でる虫の音が物悲しい。

隈若がいなくなってから、もう半月程経とうとしている。道真の悲しみはまだ深い。あれ以来、西葉は殆どこの館に留《とど》まっていた。安行と共に、道真の悲しみを少しでも柔らげようと、気を遣っていた。

処暑《しょしょ》――暑さとの別れも、もう近い。夏から秋へと移ろうとする季節の月は、少しばかりの暖かさを見せながら、今夜は十三夜であろうか、美しい姿を東の空に現してきた。

「あなたの体に夜露は毒だ。もっと中の方に入っていなさい」

もう、かれこれ一時間程も、道真と安行と西葉の三人は縁の軒端近くに座って静寂に浸っていたが、辺りが暗くなった頃、道真は西葉にそう声をかけて、部屋に入るよう促した。

西葉の病状は、はた目にも進んでいる。《もう、それほど長い命ではない》西葉はそれを知っていた。しかし、それでどうということもない。自身の運命を静かに見つめていた。そのことを知った道真が、いたわりの言葉をかけたことがあった。

「お若いのに、おいたわしい」

それに西葉はこう答えた。

「いえ、私は自分が不幸せだとは思っておりませぬ。幸せを求める心には際限がありませぬ。一つが叶えば又その上を望み、それが叶わねば人は不幸せと歎くものです。たとえ小さな喜びであっても、人はそれで幸せを感じることができます。まして今、こうして先生のお傍に侍《はべ》って、お話を伺えるなど、ついこの間までは思いもかけないことでした。このように幸せなことはございませぬ」

上空は風が強く吹いているのか、時折千切れ雲が足早やに空を横切り、その度に折角の月を隠している。月が陰ると辺りは真っ暗闇となる。月が明るい故に陰ると暗いのだ。このよい天気で、もし月夜でなかったら、星明かりだけで結構明るいと感じるはずである。再び縁先が月の白い光に満ちた。庭の木々が深い翳《かげ》を落して浮きあがってくる。

先程から筆を取って、しきりと考えながら何やら書いていた西葉が、道真の前にそっと紙片を差し出した。

残蟬希熾日《ざんせんしじつをねがうも》　蟋蟀已秋聲《しっしゅつすでにしゅうせい》
豈識邯鄲夢《あにしらんやかんたんのゆめ》　浮生一睡軽《ふせいいっすいのかるきを》

過ぎ行く夏の暑い日を、蟬がどんなに恋しがっても、已にこおろぎは秋を奏でている。邯鄲の夢の話の通り、人の一生などというものは、儚《はかな》く軽いものでしかない（邯鄲の夢とは、唐代に盧生という青年が、邯鄲という町に旅し、宿に着いて一眠りした。大いに立身出世した一生の夢を見て、目がさめてみると、宿の亭主が炊いていた粥《かゆ》がまだ出来上っていないほどの短い時間だった、という故事をいう。一炊の夢ともいう）。

紙片を受けとって一読した道真は、

「ほう、あなたは詩もお作りになるのですか」

と、紙片を安行に渡しながら、驚いたように言った。

「お恥ずかしい。先生にお見せできるほどのものでもないのですが……」

「いやいや、よくできています。都の女性で歌に優れたお方は多いが、詩に御堪能な女性にはお目にかかったことがない」

「私は男兄弟がおりませぬ故、父にそのような教育をされました」

「お父さまはなかなか学者だったのですね。私も都にいる時、この詩のような光景を幾度も見ました」

安行から返された紙片を膝の上に置いたまま、道真はそう言って再び月を見上げた。

「門前が車駕で埋まるほどの勢家が、一旦勢いを失うと訪れる人とてなく、やがて邸内は雑草がはびこり、時が進むと傷んだ土塀の修理さえままならぬ有様になります。人の盛衰、人の心の移ろいやすさを、つくづくと感じさせるものでした……」

その通りである。しかし、当時昇竜の勢いにあった道真が、我が身に置きかえて考えてみるはずもなかった。それらはあくまでも他人事だったのである。挫折を知らずに伸びてきた道真のような人は、西葉の説によるまでもなく、今、逆境に苦しんでいるとしても、言ってみればそれだけ幸せな一生を送ってきたわけである。一家離散といっても、子供はいずれ親から離れていくものだ。妻との別離は確かに悲痛であるが、冷たい言い方だが、人間一度は死ぬものだし、死は孤独を避けられない。

西葉は病が進んできてからというもの、常に己れの死と対面しながら生きてきている。

自分自身について、喜びも悲しみも、第三者の立ち場から眺めることができる習慣が、自然と身についてきていた。

まだ道真は、都に帰るのだ、再び朝堂に昇殿するのだという意識が強い。だから西葉のように、現状を肯定する心境には到底なれないで苦しんでいる。弁明の機会さえ与えられず、一方的に貶《おと》しめられた不当な処置は、法皇によって今すぐにでも改められるであろうと信じている。

東風吹かばにほひおこせよ梅の花
　あるじなしとて春なわすれそ

法皇が賜わった歌に、完全に纏縛《てんばく》され、ただただ御沙汰を待つ辛さに、もともと丈夫でない道真の胃はキリキリと傷むのであった。道真には、まだ西葉の詩が我がこととして捉えられていないようである。

今度は道真がしたためたものを西葉に渡した。

天道之運人《てんどうのひとをめぐらす》
不一其平坦《いつにそれへいたんならず》

人の運命は天が定め給うところにあるが、必ずしも平等ではない、という意味のこの句は後に道真の「夜雨」という詩の結句に用いられた。西葉はそれを受けとって、声を出して読んだ。二度、三度と読むうちに涙声になった。

「どうなされた」

驚いて道真が問う。

「申し訳ありませぬ。ふと妹のことを思い出しまして」

「妹御がおありなのですか？」

「いいえ、もう亡くなりました。お話ししてもよろしいでしょうか」

「伺いましょう。私が書いた言葉と関係があるのですね？」

「はい。あの御言葉の通り、天に見放された可哀想な妹でした。十歳の頃発病して、二十七歳で他界するまで人並みの幸せも知らず、病との闘いの一生でした」

「それは又、どういう……」

「何とも知れぬ恐ろしい奇病でした。少しずつ、少しずつ、永い年月をかけて体の自由を奪っていく残酷な病なのです。筑前・筑後の名僧と言われる方々が、それは熱心に祈禱をして下さいましたが、結局は駄目でした」

「何という……おいたわしい……」

「初めは左目が見えにくくなり、やがて見えなくなりました。それは、ちょうど乙女心が芽生える年頃でしたから、しばらくの間妹は泣き暮らし、泣き明かしていました。そして神仏に縋ったようでした。今度は耳が聞こえにくくなって、数年後には全く聞こえなくなってしまったのです。しかし、妹はだんだん神仏から離れていったようです。ところが妹はその頃からとても平静になっていきました。心の中では泣いていたのでしょうけど、言動はとても穏やかになりました。私も可哀想な妹を見ていると、とてもこの世に神仏があるとは信じる気になれませんでした」

「しかしあなたは今まで、独りでお寺を守ってきたのではないのですか」

「それは斉明の大君の御魂《みたま》をお祀り申し上げ、又父母や妹の霊をなぐさめるためです。お寺ですから形式は仏式に則《のっと》っておりますが、私にとって神仏は何の意味もありませぬ。あの子のように不幸せな者が、神仏によって幸せになれるでしょうか。この世の中には、いくら信心深くても、一生不遇に過す人もいます。神仏の教えに背いても安楽な一生を送る人もいます。もし神仏が、遍《あま》ねく人々に慈悲を垂れ給うのであれば、このような片手落ちにはならないはずです」

「人なくして神仏は在り得ず、神仏なくしても人は在り得ます。神仏と言えども所詮人の心が創り出したものです。神仏に頼るというものではありませぬ。信じることによって心の安らぎが得られれば、それでよいのではないでしょうか。神仏の教え・み心と言われるものが貴いのではありませぬ。人が安心を得ることが肝要なのです。神仏の教えはそのきっかけを作るにすぎないのです。それが宗教というものでしょう」

「あの子は初めのうちは信仰に救いを求めようとしたようですが、後には一切神仏に頼ることを止めました。日一日と体の自由がきかなくなる中で、絶望に陥ることなく、心静かに生きていったのです。最後に目が全く見えなくなった時も、取り乱した様子は見せませんでした。音も光もない、沈黙と暗黒の世界を想像することができますでしょうか。あの子はそういう世界に何年も身を置きながらも、平静にしていました。そして、私が何かしてあげる度に、それまでは『ありがとう』と言っていたのが、『ごめんね』に変わっていったのです。それはそれは優しい、静かな声でそう言われると、私は、こんなにひどい目に遇っていながら、どうしてこの子が私に謝らなければならないの？　この子は何も悪いことなどしていないのに……、こんなむごい病にさえならなければ、ごめんねなどと言わなくて済んだのに……と、そう思うと涙が出て仕方がありませんでした」

ふいに西葉の声が涙声になり、顔に帛《きれ》をあてて暫くすすり泣きが続いた。肩が震えている。道真も安行もかける言葉もなく、黙って嗚咽《おえつ》が止まるまで待っていた。

「その頃からです。私にはあの子が神に見えたのです。そして分かりました。あの子は神仏に救いを求めることを止めたのではなく、あの子自身が神になったのだと」

「不幸の極《きわ》みにある時は、人を呪い、世を怨むのが人の常でしょうに……お若い身でありながら、何と気高いことか……」

「病は更に容赦なくあの子に襲いかかりました。今度は足が動かず、立つことさえできなくなったのです。そして遂に命を終えた時は、いつも傍についていた私でさえ気付かない間に静かに息を引きとっていたのです。食も進み、体は少しも衰えていなかったのに、何故あんなにあっけなくこの世を去っていったのか、私には分かりませぬ。神となったあの子が、この世から神の住む世界に旅立つ時がきたのだ、それがあの日だったのだ、とでも思うしかありませぬ。あの子の死顔は、まるで天女のように美しく、穏やかな表情で、ほほえみさえ湛えられていました」

言い終わって西葉は月を見上げた。涙がとめどなく頬を伝っている。そういう西葉自身が不治の病に侵され、近づいてくる死を静かに眺めているのだ。辛さに堪えるのではない。辛いと感じない心の持ち方なのだ。

特定のあることに対してとか、ある人に対してそうなれることは誰しもある。それが、あらゆるものに対してその心境になれたら、もはや人の世のものではない。

妹に神を見たと西葉が言ったのはそのことだったのだ。生きながらにしてその境地に達していたのだ。

道真は我が身に引き較べてみた。濡れ衣によって官職を剝がれ、都を追われ、流罪となった果てに、幼い子を失って打ちひしがれている自分の姿を。盛んなものは必ず滅びる時がくる。邂逅には別離がつきものである。それを恐れるのは執着する心があるからである。執着の終局は生への執着、言い換えれば死への恐怖である。それを超越した時、人はすべての迷いから解放されて安心を得ることができる。それぐらいのことは誰でも知っている。ところが、その分かり切ったことに直面した時、何故人は狼狽し、怒り、悲しむのだろうか。

碩学・鴻儒《こうじゅ》と崇敬された道真にとって、凡夫と同じ醜態を晒《さら》すことはできない。人目を憚ってのことではなく、今までに培《つちか》ってきた自分の学殖が灰燼《かいじん》に帰する思いがして堪えられないのだ。ところが現実の自分の姿はどうだ。あまりに見苦しくはないか。《西葉は自分の妹の話にことよせて、このことを私に考えさせたかったのではないだろうか》時期的にも、もうそろそろ法皇の御加護を考え直すべき時であろう。

道真が学んできた儒教では、死については教えるところが少なかった。孔子は、生についてもまだ分からないのに、どうして死が分かろうか、と実にそっけない。道真が比較的共感を持っていた老子は、宇宙万物はことごとく虚無より出でて虚無に帰する、作為せず、自然に任すべし、という。又、荘子は、人の一生は所詮夢、生死栄枯が何だと悟ってしまえば迷いはなくなると説く。

一方、現世を苦界と見る仏教では、解脱して成仏せよ、と教える。解脱とは、結局は執着あるいは煩悩を去ることに他ならない。では執着を去ることが果してできるのだろうか。自身の苦しみは超越できたとしても、家族への思いは残る。それ故に真の宗教家は出家するのであるが、自分が安心を得るために、親や妻子の養育を放棄するのは自分勝手すぎるのではないだろうか。孝を基本に、人の道を説く儒教と、仏の道では所詮土俵が違う。道真としては儒教への傾斜の方が大きいのである。

《そう言えば母上は観世音菩薩を信仰しておられた》ふいと昔のことが思い出された。この日から道真の考え方が少しずつ変わり始め、経典に親しむようになっていった。

九月十日、重陽《ちょうよう》の節句、いよいよ秋は深まり、朝露は庭の草の葉をしとどに濡らして重たくしている。夜と言わず昼間でも、家の隅のどこそこで、こおろぎの声が聞こえる。

《昨年の今宵は、清涼殿で催された節句の宴に、大君のお傍にお仕えしていたものだ。おお、そうだ。あの時私が奉った詩に、大君はいたく感動されて、御衣を賜わった》道真は安行に言って、その御衣を取り出させ、僅か一年の時の流れが、こうまで人の運命を変えてしまうものかと感慨にふけった。

去年今夜侍清涼《きょねんのこんやせいりょうにじす》　秋思詩篇獨斷腸《しゅうしのしへんひとりだんちょう》
恩賜御衣今在此《おんしのぎょいいまここにあり》　捧持毎日拝餘香《ほうじしてまいにちよこうをはいす》

去年の今夜清涼殿の詩宴において、秋思の勅題に私は悲しい詩を奉った。
大君が感動されて賜わったその時の御衣を、今も大事にして、御恩を偲んでいる。

詩は立ちどころにできたが、道真の心は意外と静かだった。まだ起伏はあるが、以前ほど感情が激することはなくなった。時が自然とそうさせたということもあろうけど、道真自身がもともと冷静な学者であった。身の激変に一時的に動揺するのは、人としてやむを得ないことである。特に、事件の真相が全く分からない状態が、不安や疑問を生じさせるのは当然である。

その、折角静まりかけた道真を、激昂させる事件が判明したのが九月二十二日だった。その日、宣来子から手紙がきたのだ。久方ぶりの便りに、やれ嬉しやと急いで開いてみると、慌ただしい走り書きの文には、かつて道真が親しくしていた陸奥守・藤原滋実《しげみ》が、任地の陸奥で急死したと書いてあった。しかもその死因が、呪いをかけられての死というのである。

起こってみれば思い当たる。この藤原滋実という人物は、道真と気が合うほどであるから正義感が強く、職務の遂行に当たっては、公平無私の人であった。役人の鑑とすべきなのだが、濁ったこの世では、こういう人物はとかく煙たがられる。あるいは他人の不始末を、容赦なく追及することもあったかもしれない。おそらくそんなことで下僚の恨みをかったのであろう。しかし、それは逆恨みというものだ。不正を働いて私腹を肥やし、あるいは栄達をはかる輩共に呪いをかけられて、蝦夷の地に客死した友の無念を思うと、その薄汚い俗吏共に対して、怒りがたぎり立つ。

道真は怒りに震える手に筆をとるなり、

奥州なる藤使君を哭《こく》す

と先ず書いた。そして実に八十行、五言四十韻の詩を一気に書いたのである。

詩は先ず滋実と自分が、肝胆相い照らす仲であったことから書き起こし、実直にすぎるということはあったかもしれないが、間違いを正す点では比べられる者はいない、と誠実な人柄を讃えた上で、エゾという当時まだ朝廷が完全に掌握し切っていない地方での厳しい勤務を述べている。続けて、金で官職を買った連中は、収賄に熱心で、人の骨髄まで煎りつくす、と役人達の腐敗ぶりを嘆き、その様を具体的に書き連らねて、上司が剛直な人であれば、このような破廉恥漢を処罰するであろうが、倫理なき悪吏共は上司を逆恨みするのだ、と怒りをあらわにする。詩はこのあと暫く滋実の死を悼む言葉が続き、滋実の霊に自身の潔白を訴えて終わる。全篇激しい言葉が満ち満ちているが、太宰府下向当時の作品と比べると、公憤が主となっている。

道真にとって淋しいのは、こうして詩を作っても、はたして誰か読んでくれるのだろうか、もしかしたらこのまま人目に触れることなく、埋もれてしまうのかもしれない、ということだった。差し当たり安行と西葉は、この詩を最初に読んだわけだが、道真にまだまだこれほどのエネルギーが残っていることに、二人は安堵した。

一度高揚した道真の感情は、それからも持続して、しきりに詩想を練る日々が続いた。西葉の亡くなった妹の話を聞いた日以来、自分の中の何かが変わりつつあることを感じていた。

道真本来の姿を取り戻した上に、もう一つ何かがプラスされたようであった。

感情のおもむくままに任せても、取り乱すことはないと思えた。明鏡止水、今自分がその境地に達しつつあることを実感していた。《私はこの逆境を克服して、一段階昇ったような気がする》

それは俗界での昇位進級とは全く次元の違う喜びである。それまでとは比較にならない視界の拡がりであった。すべてが晴れ晴れとしていて透明清澄である。《この機会に、過去と決別しよう》そのためには過去のすべての残滓《ざんし》を吐き出してしまわなければならなかった。《飾らず、隠さず、弱い所も恥ずかしいこともすべてを書こう。そしてそれを過去の私として私は生まれ変わるのだ》

京ではもう霜が降りる季節だ。南国つくしといえど朝晩はさすがに寒い。

道真の表情に精気が戻った。気候にも恵まれて食も進み、皮膚病もこの所影をひそめている。

「先生がとてもお元気になられて、お顔の色もよくなられました。嬉しい」

と西葉が安行に言う。

「見違えるようにお元気になられました。お顔もとても穏やかになられました」

安行も共々にそう言って喜び合っていた。

一ヶ月余を経て詩は完成した。叙意一百韻《いをのぶいっぴゃくいん》と題する通り、五言百韻・二百句、字数にして実に千文字という、膨大なものである。長篇詩と言えば、誰しも思い出すのは、唐の詩人・白居易（白楽天）の長恨歌であるが、これが七言・百二十句八百四十字である。勿論我が国では例がない。気力・体力が回復したからこそできたのである。

生涯無定地《しょうがいはさだまれるちなし》　人の一生は行方定まらず

運命在皇天《うんめいはこうてんにあり》　運命は天が支配する

という書き出しで始まり、

貶降輕自芥《へんこうせらるることあくたよりかるく》　塵芥より軽がるしく左遷され

駈放急如弦《くほうせらるることげんのごとくきゅうなり》　弓の弦のように急に放逐された

と、右大臣の職を解かれて、太宰府に下向するところから、道中、到着後の苦難を綴る。

一転して老・荘の説くところを思い、仏法に縋る。

合掌歸依佛《がしょうしてほとけにきえし》　合掌して仏教を信仰し

廻心學習禪《こころをめぐらしてぜんにがくしゅうす》　発心《ほっしん》して禅の修業をする。
世路間彌隘《せろかんにしていよいよせまく》　世間とのつながりは絶たれていよいよ狭くなり
家書絶不傳《かしょたえてつたわらず》　妻からの便りすら来ない

思いは十八歳で文章生として仕官した時に遡り、以来四十年の栄光を回顧する。奸計によって失脚し、大君の御恩に未だお報い申し上げていないことをお詫びして、詩は結論に至る。

此地信終焉《このちはまことにしゅうえん》　この地は私の最後の地である
縦使魂思峴《たとえたましいけんをおもうとも》　どんなに京を恋しいと思っても
其如骨葬燕《それほねをえんにほうむるをいかにせん》　ここで果てるのはどうしようもないことなのだ

分知交糺纏《ぶんはきゅうてんにまじわるをしる》　人の運命はあざなえる縄のようなものである

命詎質筳篿《めいはなんぞえんせんにたださんや》　占いによってもどうして知ることができようか

叙意千言裏《いをのぶせんげんのうち》　千言を費やして思いを述べてきたが

何人一可憐《なんぴとかいつにあわれむべき》　誰か憐れんでくれることだろうか

最後の一句は訣別するべき自分の未練心への憫笑《びんしょう》であった。この長篇の詩によって、道真は自分の心をすっきりと整理した。遺言と言ってもよいほどのものである。

「あなた達のお陰だ」

道真は安行と西葉に謙虚にお礼を言った。

しかし、連座して悲運に呻吟する人達への哀切の情だけは、どうしようもなく胸を締めつける。我が身のことでないだけに、思いを断ち切ることはできなかった。《自分の心の覚悟はできた。もう自分のために悲しむことはない。これから先は、私のために巻き添えになった人達の幸せを願って、仏にお縋りしていこう。今の私にはそれしかできない。ど

うか許してほしい》

道真はそう決意したのである。

道真がそれらの人達の身の上を案じている時、その表情は実に深い悲しみを湛えていたが、その中にも凛としたものがあって、今までのような、打ちひしがれたような弱々しさは感じられなかった。

「叙意一百韻」の読者は安行と西葉の二人きりである。しかし、この二人は熱心な読者だった。西葉にとっては難解な箇所も多く、特に大陸の故事を引いた箇所や、その地名などは知らないことが多かった。ためにそれ以後暫くは、まるで塾のように毎日詩の講義が行われた。講義はこの詩だけに止まらず、道真はこの二人にいろいろなことを教えた。西葉はこのところ殆ど館に起居している。道真は京にいた頃の、門下生に講義していた時と同じ気分に浸ることができた。習う二人は何という贅沢であろうか、扶桑第一の学者・道真を独占して教えを受けることができるのである。

この年は暮れの十九日に立春を迎えるという珍らしい年であった。押し迫ってからの短い間ではあったが、三人にとって満足すべき平穏な日々が続き、激動の一年はこうして暮れた。

暮れから正月にかけて、西葉は寺の行事が忙しく、その上疲れが出て寝込んでいたため暫く館へは顔を見せなかった。病状はかなり進んでいたのである。西葉がいないと館は灯が消えたようになり、紅姫は大層淋しがった。西葉は紅姫をあさくらに連れて行きたかったのだが、そうすれば道真が淋しくなるだろうと思うとそれもできないでいた。

新しい年も天候は不順で、二月も末、桜も咲かんばかりに蕾が膨らんだ頃になって、猛烈な寒波が襲ってきた。雪が降り、川も凍る寒さである。この寒さは全国的なもので、悪性の風邪が蔓延し、多くの人の命を奪った。それも体力のない幼い子達が多かった。今度は紅姫がこの風邪に侵された。高熱を出してこんこんと眠り続けていたが、数日にして幼い命を終えた。

道真は紅姫の華奢《きゃしゃ》な体をしっかと懐に掻き抱《いだ》いて頬ずりしながら、《天よ、私は自身のために歎くことはしないと誓った。私にはどんな苦しみを与えてもいい。しかし、何故このような罪もない幼な子にむごい仕打ちをなされるのか》と、涙と共に訴えた。

それからは、道真は読経に写経に、時間を費やすことが多くなった。


暖かく、穏やかな季節になって、やっと西葉が館に姿を見せた。気分はよいと言うが、顔は青白く生気がない。病状は更に悪化していた。それでも紅姫の不幸もあり、道真がさぞ気落ちしているであろうと、気がかりで出てきたのである。

西葉は再び道真の講義に加わった。あれ以来、安行はずっと一人で講義を受けていたのであるが、紅姫が他界してから中断していた。講義が再開されて、道真は気が紛れるようにはなったが、幼い子達を亡くした悲しみは、消えることがなかった。

気候もよく、そのせいで体調もよかったので、道真は発心《ほっしん》して観音菩薩像の彫刻にとりかかった。高さ四十センチ位の像であったが、初めての試みなので、なかなか捗《はかど》らない。しかし急ぐ必要はないし、作業中は無心になれて、時間の経つのを忘れることができた。

西葉は体力の衰えが激しく、寝込みがちで、講義に出られないことが多くなってきた。あさくらに帰るのも大儀なふうで、ずっと館に泊まっていた。

道真は経文を唱えながら、一心に観音像を彫っている。熱中すると読経《どきょう》も途絶えがちだった。梅雨近くなって、もうすぐ仕上がりそうな観音像を見て、安行は、《おや……》と思った。観音像のお顔が宣来子にそっくりなのである。意識してそのように作ったのか、無意識のうちにそうなったのかは、本人にしか分からない。

いずれにしろ、《お気の毒に……口にはお出しにならないけど、どんなにか御正室様のことを案じていらっしゃることか》と、つい瞼が熱くなるのである。

梅雨に入っても一向に雨は降らなかった。カラカラの天気が続き、真夏のような熱気に包まれた。川も辛うじて僅かに流れている程度で、干上がった川底が白く乾いている。田植えもできない田は地割れしていた。旱天はひと月程も続いたあと、一転して大雨となり、今度は雨が降り止まなかった。異常な天候は、農作物に壊滅的な打撃を与えると同時に、人々の健康を脅かした。

六月も下旬に入り、昼の暑さに加えて夜も遅くまで蒸し暑く寝苦しい日が続いて、西葉の容態は著しく悪化していった。

ある日、安行は西葉に請われて病床を見舞った。薬湯とお香が薫る部屋に、夏の夜具をかけた西葉の寝姿は哀しいまでに薄かった。

「これは味酒さま、お呼び立てして、伏せったままで申しわけありませぬ」

「いやいや、どうぞお楽にしていて下さい。今日はご気分はいかがですか？」

「相変わらずです。もう長いことはございませぬようです」

「そのようなお気の弱いことをおっしゃってはなりませぬ。もう暫くご辛抱されたら、気候もよくなりましょう。そうすれば又、お元気になられますとも」

「有難とうございます。今日おいで願いましたのは、いつのことかは分かりませぬが……」

そう言って西葉は言葉を切った。息苦しいのか二、三度呼吸をしてから言葉を続けた。

「私がみまかった時は、是非、紅姫様や隈若様のお傍に葬って下さいませ」

「何ということをおっしゃいますか。そのようなこと、聞きたくもございませぬ……が、お話としては承っておきましょう」

「有難とうございます」

西葉の願いとはそれだけで、安行はしばらくとりとめもない話をして退室したが、何故西葉が先祖代々の墓地に眠ることより、紅姫達の傍を望むのかは謎であった。明らかに死期が近まっている病人に、このようなことをあからさまに問うことも憚られた。西葉の付き添いの者達に尋ねてみたが、この人達も、ただ葬る場所はそこにと言われているだけで、その理由は分からないという。

安行としては、西葉の縁者達から異論が出なければ希望通りにしてあげたい、と思い道真に伺いを立てた。道真も同じ意見であった。ところが、調べてみると、西葉には系類が全くないのである。そう言えば、西葉が政庁の女性達に歌の指導に行けなくなってから、密かに見舞いに来る人は多かったが、ついぞ縁者らしき人は現れなかった。

「それは淋しいことであろう」

道真はそう言って、それからはしげしげと西葉を見舞うよう心掛けた。道真の思いやりに、

「先生と一つ館に置いて頂けるだけでも幸せと思っておりますのに、このようにお心遣いをして頂いて勿体ないことでございます」

という西葉の顔は、病気やつれはしているものの、喜びに溢れ、目も輝いていた。死を最大の不幸というならば、西葉は最大の不幸の門口《かどぐち》に立ちながら、最高の幸せに浸っているのだ。

いよいよ臨終という時は、伝え聞いた政庁の女性達や遠くあさくらから多勢の人がぞく

ぞくと詰めかけ、館はもとより庭に溢れた。

西葉は夜具の肩口から辛うじて手を出し、

「先生」

と言って枕元の道真の手を求めた。道真が両手でしっかりと包み込んでやると、聞きとれぬほどのか細い声で、

「先生、有難とうございました。今とても幸せです。皆様有難とう」

と言って、間もなく息を引き取った。奇しくも昨年、西葉がその妹の話をして聞かせた同月同日だった。

道真は、又一人娘を失った思いであった。年齢的に、西葉は丁度道真の子供位である。しかし道真は、その西葉から教えられたことは大きかったと思っていた。淋しい境遇は一言も語らず、静かに、強く生き、多くの人に感銘を与え、敬愛されて見事な最後を終えた西葉は、道真にも立ち直りの手助け役を果たした。特に一年前の夜、西葉が語ったその妹の話は、非業の運命に歎き沈んでいた道真に、活を入れたと言ってよい。

道真は長いこと西葉の枕元に座って、その顔を見つめていたが、あれこれの思いに耽って、実は目は何も見ていなかったのである。多勢の人達が、代る代る枕元にきて、西葉に別れを告げて行ったことにも気付いていなかった。《西葉様は自身の妹を神と崇《あが》めていた

が、西葉様も又私のためにこの世に現われた神の化身ではなかったのだろうか》それほど忽然と現れて道真親子に尽くし、用を終えるや卒然として去って行った西葉であった。

西葉の埋葬が終わると、その付き人達もあさくらに引き揚げて行った。館は道真と安行の他、下働きの男女数人だけになった。

この年、京では、宇多法皇と道真を政治の場から追放することに成功した時平が、長年の構想であった荘園整理令を一気に成立させていた。

そして西葉亡き後、それを待っていたかのように、朝鞍寺は寺領田を没収されて廃寺となり、今に長安寺の地名を残すのみとなったのである。

九、宣来子の迎え

僅か一年余の間に、言わば三人の子を失った道真は、読経三昧の生活に入った。完成した観世音菩薩像を安置して、暇さえあれば経文を唱えていた。宣来子の面影を写す観音像である。安行には、道真が宣来子に語りかけているように思えて、師の悲しみを慮《おもんばか》るのである。

道真は生来の胃弱が嵩じて、痛みを訴えることが多くなっていた。温石を常用し、薬湯を欠かさず飲んでいるのだが、最近では痛みに堪えかねて、苦手とする酒を飲むことも増えてきた。打ち続く悲しみに胃潰瘍が進行していたのである。病苦はそれだけではなかった。脚気《かっけ》と皮膚病が慢性化していた。両方ともビタミンB群の不足から生じたものである。これは道真に限らず、当時、米を精白して食べるようになった上層階級に見られた現象で、京でもそのために生じる病に苦しむ者は多かった。体のだるさ、皮膚のかゆみが四六時中続いているのに加えて、胃の激痛が時をかまわず襲って来る毎日は、どんなにか堪え難いものであったろう。酒を少々飲んだぐらいで収まるものではない。むしろ酒は胃潰瘍を更に悪化させる原因となった。

縁者の安寧のために観世音菩薩に祈っていた道真は、この病苦に堪えかねて、薬師如来に縋らざるを得なかった。

館より南に三キロメートル程の所に天判山（現・天拝山）という小高い山があり、その麓に薬師如来を祀る寺があった。この寺は九州最古の仏蹟と言われる寺で、大化五年（六四九年）に初代の太宰帥となった蘇我日向《そがのひむかの》臣《おみ》無邪志《むさし》が開いたものである。当初はその名をとって無邪志寺《むさしじ》と呼ばれていたのだが、後に武蔵《むさし》の字があてられ、今では「ぶぞうじ」と音読みされている。開基以来千三百有余年を経ており、道真のこの時から遡《さかのぼ》っても約二百五十年経っている古寺であったから、道真は知っていたのだ。

道真の願いは太宰権少弐・藤原興範の英断によって黙認されることになった。

武蔵寺に参籠した道真は一心に薬師如来に病気平癒を祈ったが、道真にはもう一つ狙いがあった。この山はその名も天判山である。身の悲運を歎く気は既に捨てた道真だが、冤罪の汚名だけは何としても雪ぎたい。《天に判《さば》いてもらいたい》そう思っていたのである。

延喜二年（九〇三年）元旦の未明、武蔵寺を出発した道真は、不自由な足を引きずりながら天判山の山頂を目指した。今では幅五メートルほどもある道路が整備されていて、普通の速さで歩いて三十分もあれば山頂に達するが、当時は道さえもなく、山頂附近は急峻な地形である。結局は若者達に背負われてやっと頂上に着いた時、あたかも東の空が茜色に染まった。道真は敷かれた褥《しとね》に座って、天下に己れの無実を示して欲しいと天に祈った。

やがて東の山の背から初日が白熱の光を放ち、人の目を眩しく射始めた時、異変が起きた。真っ青に晴れた空、燦然《さんぜん》と輝く御来光。清気に満ちた天空に突如雷鳴が轟いたのである。雷鳴は殷々《いんいん》として耳を打った。次いで大粒の雹《ひょう》がバシバシと音を立てて激しく降った。不思議なことに雹は、この山頂に立つ人達に当たることはなく、異変は数分で収まった。空は何事もなかったように、依然として雲一つなく晴れ渡っている。道真の心境もそれと同じく、晴れ晴れとしていた。《あの天変は、天が私の願いを嘉《よ》みされた験《しるし》だ》それは道真だけでなく、道真の気持ちを理解している、その場の全員がそう思ったのだった。この日の出来事は口伝えに広まり、以来、世の人々はこの山を「天拝山《てんぱいざん》」と呼ぶようになった。

不思議なことは更に起きた。

武蔵寺から戻って以来、道真の症状が好転したのである。まず、あのどうしようもない皮膚のかゆみが嘘のように消えた。それに胃痛が忘れたように起らなくなった。全身のだるさだけは残っていて、足は不自由であったが、随分楽になって、夜もよく眠ることができるようになった。

二月に入ったある夜、寝ていた道真は、ふと、宣来子の声を聞いた。《おや？》と思って見廻すと、何と、まだよちよち歩きの宣来子が立っている。髪を頭のてっぺんで結び、綺麗な着物を着た宣来子が無性に可愛いい。

「どうしたのだ、宣来子！」

道真には、その幼女が宣来子だと何故か一目で分かった。その時道真は七歳の少年に戻っていたのだ。少年道真は敏捷な動きで走り寄って、宣来子を抱きあげ、暫らくあやしていたが、

「お兄いちゃんは勉強があるから、一寸の間一人で遊んでいるんだよ」

と言って別室に行き、本を読んでいると、

「白湯をお持ちしました」

と言って宣来子が部屋に入ってきた。何と宣来子は十五、六歳に成長している。

「ここに置いておきますから、冷めないうちにお上がり」

と言いながら道真の膝の傍に湯呑みを置く。嫌でも視野に入る白い手首、漂う香のかおりに道真がたじたじとしていると、ふっといなくなった。

姿が見えなくなって、あわてて探していると、重い病で床に就いていた。その宣来子は最後に別れた時の宣来子である。

「どうしたのだ、宣来子！」

さっきと同じ言葉をかけると、

「あなた。御苦労様でした。もうそれ以上お苦しみになるのはお止め下さいませ。彼岸の彼方に共に参りましょう」

と言う。重病のはずだが、その頰はふっくらとした永年見なれた懐かしい顔である。

「待て」

とその袖をつかまえようとするが、手はむなしく空をつかんだ。

「待ってくれ」

あわてて再び声をかけたが、僅かにほほえんだ宣来子の姿は、すうーっと淡く消えて行った。

ハッと目を覚まして起きあがり、辺りを見廻すが、勿論何も変わったことはない。

夢ではあるが全て事実だった。道真が五歳の時に生まれた宣来子は、親同士が親友であり、家も近かったので、親に連れられて始終道真の家に遊びにきていた。道真は宣来子が赤ん坊の時からよくあやしてやって、二人は兄妹のようにいつも連れ立って遊んでいた。

宣来子はとにかく花好きな子で、いつも野の花を小さな手いっぱいに摘んで持っていた。道真が勉学に忙しくなってくると会う機会は減ったが、青年期になっても宣来子は天真爛漫そのもので、兄妹という感覚は変わっていなかった。匂うような娘に成長した宣来子を、道真がまぶしく感じるようになっても、平気で傍に近寄ってきて、道真を辟易《へきえき》させていた。

やがて二人は親同士の約束通りに結婚し、幸せな家庭を築いていた。生来楽天的な性格で、親に大事に育てられ、その上、生まれた時から道真に全く寄りかかって生きてきたような宣来子であったが、一旦悲運に見舞われると、見違えるような芯の強さを発揮した。道真に対しては甘えん坊だった宣来子が、京と太宰府に別れ別れになってからは、文を滅多に道真に送らなかった。便りを書けば愚痴になる。身辺のことを記せば、その侘しさを道真が哀しむに違いない。夫自身が悲歎をかこっている時に、それ以上の悲しい思いをさせてはならぬ。宣来子はそう思って、語りかけたい思いを必死で堪えていたのである。

道真は、《もしや宣来子の身に異変が起きたのではないだろうか》と思った。しかし、《たまたま彼岸の時節だから、あのような夢を見たのだろう》と思い返してみる。

それでもどうしても気になって落ち着かないので、安行に言って京へ確認をとってもらった。回答を得るにはどんなに早くても、一ヶ月はかかるのである。

この年は春が早く巡ってきて、気温は日一日と上ってきていた。毎日うららかな晴天が続くので、日中、道真は安行の手助けを受けて縁に出ていた。

その日も暖かい陽光をいっぱいに受けながら、外を眺めていた。早くも満開となった桜をあちこちに見ることができた。眠気を誘う春の午後である。小鳥の囀《さえず》りが時々途切れるのは、眠りに入りかけているのか。

花発多風雨《はなひらいてふううおおく》　人生足別離《じんせいべつりたる》

ふと、于武陵の詩の一節がかすかに聞こえたような気がした。全く道真の一生を十文字で表したような句である。しかし道真は、もうこの句を聞いて感慨は覚えても、涙することはなかった。聞き耳を立てようとするが、頭はおぼろおぼろとしている。と、

年々歳々花相似《ねんねんさいさいはなあいにたり》　歳々年々人不同《さいさいねんねんひとおなじからず》

今度は劉延芝の詩の一節が聞こえる。静かに、ゆったりと詠《うた》うその声は？……見廻すのも物憂い。目を閉じていても陽光は瞼を通して明るい。春の陽の温もりの中に、全身が溶ろけそうである。

「あなた、さあ参りましょう」

突然宣来子の声がした。宣来子が来たのだ。

「おう、そうか、迎えに来てくれたのか」

道真は喜びに包まれた。宣来子もにこにことして、手を差し延べた。相変らず明るく無邪気な宣来子である。道真が宣来子の手をとった。温かい懐しい手である。そのまま立ち上がって、二人は歩き出した。ゆっくりと、ゆっくりと、踏みしめるように、今の幸せをかみしめるように……。やがて二人の姿は春霞の彼方へと消えて行った。

春は夕刻になるとまだ風が冷めたい。安行は陽がかげらぬうちに先生をお部屋にお入れしなければ、と思い縁に行った。道真は柱に背をもたせて座っている。眠っているらしい。庇《ひさし》の影がもう足下にまで迫っている。《もうお起こししなければ》と思うが、もう少しそっとしておいてあげたくもある。躊躇《ちゅうちょ》していると、

「ご免なさいませ」

と人の訪れる声がした。表へ出てみると、京からの便りを持って来た男だった。こちらから出した使いと行き違いになったのだ。

「御正室様からの手紙ですか？」

「いいえ、御側室様と言われるお方から頼まれました。何でも御正室様は先程亡くなられたのだそうで」

「えっ！　それは本当ですか？」

「はい、そう伺いました」

驚いた安行は側室からの手紙を受け取ると、小走りに縁へ急いだ。

「先生！」

大声で叫びながら馳け寄るが返事がない。

「先生！」

肩に手をかけると……道真の体がぐらりと傾いた。

「あっ！」

あわてて安行は手に持っていた手紙を放《ほう》り出してその体を支えた。顔を見ると、楽しい夢を見ているような表情である。

「先生――っ！」

安行が絶叫した。

その声を聞いて、館のあちこちから走り寄ってきた下男・下女達が、道真に取り縋って口々に叫び、号泣する。もう誰が何と言っているのか聞きとることはできない。

長い時間が経った。皆が叫び疲れ、泣き疲れ、涙も声も涸れ果てて、やや静かになった時、既に辺りは暗くなり始めていた。

安行をはじめ皆は呆けたように、うつろな目で座り込んでいた。死因は脚気に起因する急性心不全である。

時に延喜三年（九〇三年）二月二十五日（旧暦）。享年五十九歳であった。

かれこれ四十年来の、道真の身辺に過ごしてきた思い出にすっかり浸り切っていた安行は、一足後から追ってきた若者達の声で我に返った。

——・——

埋葬の場所を若者達に指示した安行は、彼等が穴を掘っている間に、側室からの手紙を読み返していた。それによると、宣来子が永眠したのは、二月四日だったと書いてあった。《京に使いを出したのが五日だった。そうすると、四日の日に先生の所には御正室様の霊がお報せしたに違いない。あの時の先生はいつになく性急だった》安行はそう思い当たった。安行は知らないが、二月四日は道真が宣来子の夢を見た日だったのだ。

櫃《ひつぎ》の中に安行は恩師御自作の観世音菩薩像を副葬した。宣来子にそっくりなお顔の観音像である。《いずれ私が京に参りまして、御正室様の御遺骨をこちらにお迎えします。それまで暫らくの間御辛抱下さい》安行はそう念じたが、考えてみると道真は宣来子の死を知らずに逝ったのだ。それがせめてもの幸せだったのだろうか。

お墓は道に近い方から亡くなった順に、隈若、紅姫、西葉、道真と、その都度林の奥の方に、例の大木を遠巻きにしたように、弧を描いて並んで造られていた。

土地の人や太宰府政庁の人達は、道真の遺徳を偲んで、この大木を「知者の木」と呼んだ。

今もこの木は太宰府天満宮の神殿のすぐ近くに健在で、国から天然記念物に指定されている。

道真を学問の神と崇める信仰は、つくしでは既にこの時に始まったのだが、京では道真の怨霊の祟《たた》りを恐れる時代が永く続いた。

十、後抄

道真が流謫地・太宰府に客死してから五年が過ぎた。異常気象は相変らず続いていた。今日も朝から真夏の太陽がギラギラと照りつけている。京は盆地特有の猛烈な暑さだ。もう三ヶ月程全く雨が降っていない。

都大路も真っ白に乾き、照りつける日差しをまぶしく反射している。春はずっと雨だった。それが上がったと思うと、この晴天続きだ。作物は枯れ、疫病がはやり、あちこちの路傍に行き倒れの死体を見ぬ日はない。

今では異常気象は珍らしくもない。むしろまともな一年を過ごすことの方がはるかに少いのだが、道真の死後はすべての異常現象が、道真の怨霊の祟りとして恐れられた。そればかりではない。道真を冤罪に陥れるに力あずかった者達は、自分の心に棲みついた道真の怨霊に責めさいなまれた。実際には、それは怨霊などではなく、本人の心の呵責が生み出す幻影なのであるが、それをしも怨霊と呼ぶならば、これこそどんなに祈禱しても追い払うことのできない恐ろしいものであったであろう。道真追放に少しでも関わった人が死亡したり、大病を患ったり、事故にあったりすると、それも道真の怨霊のなせる業として、噂は広まり、身に覚えのある者は、次は自分かと恐れ戦《おのの》いた。

都の一角に、今や参議にまで昇進した藤原菅根の屋敷があった。土塀を巡らせた広壮な構えは、主の権勢を窺わせるものである。

当時朝廷の要職、中でも太政官は藤原北家と称される一族と嵯峨天皇に発する源氏が専らにしていて、他の者が台閣に名を連ねるのは極めて難しいことであった。その異例の出世の道の一つが、文章博士《もんじょうはかせ》から参議に列せられる学者施政官への道であった。とは言っても、先ず文章博士になるための登竜門であるところの方略試《ほうりゃくし》という国家試験は、合格者が三、四年に一人しか出ない難関だった。当時の人に言わせれば、今の司法試験や高級公務員の試験など雑魚《ざこ》でも受かる、ということになるだろう。

それほどの難関をやっと突破した時、菅根は既に三十五歳に達していたが、それでも特に遅いということでもなかった。因に道真がこの試験に合格したのは、二十四歳の時だったのであるから、道真がいかに卓抜した秀才であったかが分かる。その道真と比較したのでは菅根が可哀想であるが、菅根はそれほどの難関を突破したあとも、その割りにはあまり思わしい出世の道を歩いていたわけではなかった。道真に目をかけられて急速に栄達の道を駆け登った菅根は、時平の命令に忠実に従った報酬として参議の栄職を手にしたのである。

その菅根が今、屋敷の奥の一部屋に臥せていた。熱地獄のように暑い日盛りというのに、その棟だけは蔀《しとみ》をおろし、しんとして、あたかも無人の如くである。菅根は広い寝所の真ん中に寝ていたが、その部屋の周りには、深々と帷《とばり》をおろし、寝床の周りには更に几帳《きちょう》を並べ立てるという、念の入れようである。その中で布団を山のように重ねていながら、「寒い、寒い」と言って、ガタガタ震えている。そうかと思うと、ねっとりと冷や汗をかいたり、又、「暑い」と言って滝のように汗を流したりする。その上うなされたり、譫言《うわごと》を言ったりの連続である。

これらの症状が起こり始めたのは、道真の死後すぐからであった。道真が太宰府に配流された時、菅根は良心の痛みに苦しんだ。しかし、その後の夢のような栄光は、それを忘れ己れの行為を正当化して余りあった。ところが、良心は決して死んではいなかったのである。

道真の死を知った瞬間から道真の影に脅える毎日が始まった。怨霊の出現は日とともに頻度が高まり、今ではのべつ菅根を脅かしていた。菅根は既に亡者のようにやせ細り、かと言って死にも切れず、まさに生き地獄の中でのたうち回っていた。寒い、寒い、息が苦しい。幻覚に襲われ続ける。

今も彼はその真ッ只中にいた。彼にとって、それは現《うつつ》なのだ。真っ暗闇の中なのに、天魔と化した道真がはっきり見える。何故か、形相は全く違うのに、それが道真だと菅根にははっきりと分かる。

「宰相、まだ私に祟《たた》るのですか。まだ私を苦しめなければならないのですか」

脂汗をしたたらせながら、喘ぎ喘ぎ菅根が問う。天魔は、らんらんと光る目で菅根を睨みつけながら無言である。

「私は大君に嘘を言いました。法皇も欺きました。しかしそれは左大臣のお言いつけだった。祟るのだったら左大臣に祟って下さい。もし、もし私が左大臣の命令に背いたら、私もあなたと同じように罰せられたでしょう。あなたの処分も左大臣がお決めになったことです。あなたの御家族が悲惨な目にあわれたのも、全部左大臣のせいです。私がどうしてこんなに苦しめられるのですか。お許し下さい。左大臣はまだお元気です。どうして私だけが、ひどい、それはひどい。何故、私だけが……、いやだ、助けて、お助け下さい。悪かった。私が悪かった。助けて……」

布団をはねのけ、頭を掻きむしり、髪を振り乱して転げ回る。目は落ちくぼみ、頬はげっそりと削《そ》いだように肉が落ち、色青黒く、それは幽鬼そのままである。

最近うなされることは多かったが、今日のあまりに激しい叫び声と物音に近侍の者達が駆け付けたが、仁王立ちになっているその姿を見て、皆二、三歩後ずさりした。呆然と立ちすくんで見つめていると、「ウギャーッ！」という凄まじい叫び声と共に天を仰いで、カッと白目をむき、虚空を摑むように両手を突き上げたと思うと、そのまま仰向けにどうと倒れた。

それと見て、ハッと我れに返った付き人達が駆け寄ろうとして又しても硬直した。何と、菅根の鼻、口、そして耳からまで、ドス黒い血が吹き出している。

――天魔の祟り――

誰しもが改めてその恐ろしさを目《ま》のあたりにしたのだ。

しかし、菅根はそれでも死ななかった。それから更に二ヶ月、悪夢にうなされ、もがき苦しんで、体は乾物のように骨と皮だけになって、ようやく秋に入ってからやっと息絶えた。菅根を苦しめ、死に至らせたのは何だったのか、それは菅根自身だったのだ。良心の呵責から自分の心が作り出した幻影に追いつめられて死んだのである。そのことは、菅根がまだ良心を失っていない普通の人間だったことを示している。そして普通の人間らしく、自分と一族の安泰を願った結果、哀れな最期を遂げなければならなかったのである。

菅根の陰惨な死は、立ちどころに都中に喧伝され、人々の恐怖心をいやが上にも掻き立てた。


――天魔――


人々は道真の怨霊をそう呼んで恐れた。

しかし、この世に一人だけ、天魔を恐れぬ男がいた。左大臣・藤原時平その人である。道真追放の張本人である時平が、何故道真の怨霊を恐れなかったのだろうか。

それは時平が「張本人」だったからである。というと言葉を弄《もてあそ》ぶようだが、そうではない。時平に命じられて加担した者と異り、時平には確固とした論理があったからである。時平の思考・行動の原理は、氏一族の安泰である。それなら菅根もそうだったはずだ。

ところが、時平と菅根の違いは、時平は自身の原理は絶対的な善であるとする点である。したがって、これに反する者は容赦なく排除して悔いるところはない。菅根のように良心の呵責を感じないから、怨霊に苛まれることもなかったのである。

道真が右大臣に在職していた時の時平との最大の政策の相違は、経済政策だった。時平は、院宮権門勢家が私する荘園を制限して国有に戻し、税収の増大を計るべきであると主張し、荘園整理令の実施を急いだ。道真はその必要は充分認めながらも、農民に与える農地の配分を公平にしなければ、荘園の整理だけを先行させても、国司をはじめとする悪徳役人共の懐を肥やすだけだ、と考えていた。この主張の違いも、覇権の強化を狙う時平と、民生の安定を目指す道真の基本的な思想の違いである。

その時に道真が、

「今のように、国司が恣意で税を定める横暴を黙認していると、やがては農民達が黙ってはいないでしょう」

と言うと、

「我が国には古より民草という言葉がありますが、誠に言い得て妙ではありませぬか。この国の者達は物言わぬ雑草にすぎませぬ」

と平然と言う。これは時平に限らず、驕《おご》り昂《たかぶ》る藤原一族全員の率直な実感であった。

「物言わぬ民なれば尚一層のこと、政道を正して安堵を計ってやるべきではないでしょうか」

道真にそう諭されても、時平は聞く耳持たぬ風情である。

「彼の大陸においても民を顧みぬ政の故に、国は乱れ、つい最近には黄巣《こうそう》の乱という大きな戦《いくさ》が起きたばかりです」

と道真は最近の実例を挙げて正道を説くが、

「外《と》つ国は知らず、この国では建国以来今日まで、氏族間の争い、つまり横の戦いはあっても、下克上は起きたためしがない。もし起きても、それは一握りの者達にすぎませぬ。大方の連中は、それより権力に取り入って甘い汁にありついた方が賢い。それが大人の智恵というものだと思っています。御心配されますな。我が国では百官百姓《ひゃっかんひゃくせい》に至るまで、命をかけて官権に逆う気概を持った者などいないのです。この根性はこの後も変わることはないでしょう」

と、時平は傲然《ごうぜん》と言い放ったのである。

菅根が狂死した翌年、四月。清涼殿では案件の協議が長引いて、夜に入ってもまだ会議が続けられていた。

日中晴れていた空は、日没後急速に暗雲が覆い、猛烈な雨となった。雨はやがて風を呼び、更に雷鳴を伴った。蠟燭《ろうそく》はしばしば吹き消され、燭台さえもが吹き倒されて、審議に集中を欠いていた。それに加えて稲妻が走り、おどろおどろと雷鳴が轟くと、それだけで天魔の出現ではないかと、みな色を失っている。カーッとひときわ明るくなったと思うと、

——ドーン——

と落雷のすさまじい響きが腹を震わせた。こうなると、もう会議どころではない。

天魔。

誰もがその恐怖に真っ青になった。ついこの間にも雷に打たれて死んだ者がいた。そういう話はすべて天魔の祟りとして流布されている。

その度に時平はいらだつのである。時平にとって道真は、倒すべくして倒した積年の政敵であった。してやったりと思えばこそ、何の恐れることがあろうか。国中の連中が、天魔だとか雷神だとか言って怖れているのが馬鹿馬鹿しくていらだつのである。今も、重要な会議の最中というのに、おろおろしている者達を見て、《腰抜けどもが》とイライラは最高に達していた。

その時、真昼のような稲光りが内裏を照らしたと思うと、
ズドーン
と天地を揺るがせる大音響と共に、前庭に火柱が立った。並みいる者達は腰を抜かしたが、極限に達していた時平は、堪らず回廊に飛び出した。そして、ハッタと虚空を睨み、

「いかなる天の仕業か、若し菅宰相《かんさいしょう》の霊のなせる業ならば思い違いも甚だしい所業であろう」

と叫んだ。

再びすさまじい雷鳴と共に稲光りが時平の姿を浮きあがらせた。

その時だった。回廊の陰、時平のすぐ下から、矢がビュンと鋭い音を立てて時平の喉笛を貫き、虚空の彼方に飛び去った。

「ぐえッ」

時平は天を仰いだまま、喉から血しぶきを迸《ほとばし》らせながら、どうと崩れ落ちた。

清涼殿にいた者達は矢を見ていない。ただ、ヒカヒカヒカと瞬間的に断続する閃光を浴びて血しぶきと共にコマ落としのフィルム映像を見るように崩れ落ちる時平の最期の姿だけが、眼に、脳裏に焼きついた。天魔の怨みが遂に時平に及んだ。誰もがそう思い、この時の情景はその夜のうちに都人《みやこびと》のすべての知るところとなった。時平は雷に打たれて死んだと……。

時平の死を見届けると、回廊の陰に潜んでいた黒い影は、風のように内裏から抜け出していた。そしてその影は都大路を駆け抜け、時平の実弟・忠平の邸に消えたのである。

時平に冷遇されていた忠平は、この後栄進を重ねて、遂には摂政・関白となった。

それは藤原摂関家の本格的な始まりとなり、忠平から師輔、兼家を経て道長へと藤原氏全盛期への礎《いしずえ》となるのであるが、同時に骨肉相い食む陰湿な闘いの歴史の幕開けでもあった。

東風吹かば

2000年9月1日　初版第1刷発行
著　者　堤《つつみ》　悠《ゆう》輔《すけ》
発行者　瓜谷綱延
発行所　株式会社　文芸社
〒112-0004　東京都文京区後楽2-23-12
電話　03-3814-1177（代表）
03-3814-2455（営業）
振替　00190-8-728265
印刷所　株式会社 平河工業社

ISBN4-8355-0563-8 C0093